Alexander Pechmann
Das Haus des Bücherdiebs

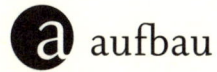 aufbau

Alexander Pechmann

Das Haus des Bücherdiebs

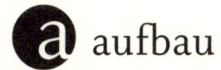

ISBN 978-3-351-03317-0

Aufbau ist eine Marke der Aufbau Verlag GmbH & Co. KG

1. Auflage 2010
© Aufbau Verlag GmbH & Co. KG, Berlin 2010
Einbandgestaltung hißmann, heilmann, hamburg
unter Verwendung einer Illustration von
© Quint Buchholz
Satz LVD GmbH, Berlin
Druck und Binden CPI – Clausen & Bosse, Leck
Printed in Germany

www.aufbau-verlag.de

Ein Raum ohne Bücher ist wie ein Körper ohne Seele.

Cicero

Inhalt

Das Haus des Bücherdiebs

> Dein Leben ist wie ein Haus ohne Türen und Fenster.
>
> *António Macedo*

Über Bücherdiebe hört man die merkwürdigsten Geschichten. Vor einigen Jahren stieß ich zufällig auf eine Zeitungsmeldung, die von einem besonders unheilvollen Zwischenfall berichtete. Ein Mann hatte in seinem Haus jahrelang Tausende Bücher gehortet, die er zuvor in verschiedenen Bibliotheken gestohlen hatte. Er füllte die Zimmer samt Küche, Bad und Toilette mit immer neuen Bänden, die sich bald zu gewaltigen Bücherbergen auftürmten – bis eines Tages der Fußboden unter der Last nachgab und eine schier endlose Papierlawine in das untere Stockwerk stürzte.

Es gibt sicher besser dokumentierte Fälle und bekanntere Figuren aus Geschichte und Literatur, die man als Beispiele anführen könnte, doch dieser unglückselige Bibliomane, der seine Sammlung so lange vergrößerte, bis sie unter ihrem eigenen Gewicht zusammenbrach, schien mir die Tragik und Absurdität des Bücherwahns auf eindrucksvolle Weise zu verdeutlichen. Wenn ich mir das Haus des Bücherdiebs vorstelle, frage ich mich stets, welche Motive dieser Mann gehabt haben könnte. Vielleicht suchte er Antwort auf die grundlegenden Fragen nach dem Sinn des Lebens, nach der Existenz Gottes, nach der Wahrheit über Liebe und Tod. Vielleicht genügten ihm die unzähligen Theorien nicht, die er in den Büchern fand. Existierte vielleicht irgendwo im unendlichen Meer des Geschriebenen ein vergessener Satz, der alles erklären könnte, eine geheime Botschaft, die zu absoluter Gewissheit führte? Es gab nur eine Möglichkeit, der Sache auf den Grund zu gehen: Er musste immer weitere Scharteken anschleppen, aufstapeln und lesen, Notizen machen, Lesezeichen setzen und tage- und nächtelang über dem Gelesenen brüten. Und dann, als ihm gerade der befreiende Gedanke kam, als er die wundervolle und doch so unglaublich einfache Lösung für all die Rätsel fand, gab der Boden unter ihm nach und begrub sein Wissen mit einem gewaltigen Donnerschlag.

Ob es sich wirklich so zugetragen hat und ob man die unergründliche Sehnsucht und unstillbare Gier eines solchen Exzentrikers je verstehen wird, steht in den Sternen, doch führt dieser Gedankengang zu einer anderen, weit interessanteren Frage: Wie weit würde ich, würden Sie, lieber Leser, im Namen dieser rätselhaften Passion gehen und wie weit sind andere gegangen? Könnten wir auf Büchern essen und schlafen wie der berühmte Antonio Magliabechi? Würden wir sechs Häuser mit ihnen füllen wie der berüchtigte Antoine-Henri Boulard? Könnten wir ein Leben lang nach einem bestimmten Werk fahnden wie der arabische Gelehrte al-Bīrūnī? Wären wir vielleicht sogar dazu bereit, die schrecklichsten Verbrechen zu begehen, um den nagenden Schmerz zu lindern, der uns angesichts der hoffnungslosen Unvollständigkeit unserer exquisiten Sammlung befällt?

Vielleicht sind es nur kleine Schritte, die von der schlichten Freude am gedruckten Wort zu Liebe, Leidenschaft, Besessenheit und schließlich in den Wahnsinn führen. Vielleicht gibt es keinen Weg zurück, wenn man den ersten Schritt erst einmal getan hat. Vielleicht führen schon kleine Sünden in den Abgrund und eine zufällige Begegnung genügt, um einen ehrenwerten Bücherfreund in einen skrupellosen Bücherdieb zu verwandeln.

So konnte selbst ein frommer (wenn auch keineswegs heiliger) Mann wie Giovanni Battista Pamphili, der spätere Papst Innozenz X., der Gunst des Augenblicks nicht widerstehen. Als er die Bibliothek von Montier besichtigte, fiel sein Blick auf eine seltene Perle der Buchkunst, die er in einem unbeobachteten Moment flink in seine Tasche steckte. Kardinal Barberini, der die Besichtigung leitete, hatte sich für die Rechtschaffenheit seiner Gäste verbürgt und dem misstrauischen Bibliothekar angeboten, bei allen Besuchern eine gründliche Leibesvisitation vorzunehmen. Pamphili verweigerte sie als Einziger. Es kam zum Streit, bald flogen die Fäuste, und mitten im Handgemenge der Kirchenmänner fiel die bibliophile Kostbarkeit aus der Tasche des künftigen Oberhirten. Seit diesem Tag hegte der tief beschämte Pamphili einen heimlichen Groll gegen Barberini. Er tat alles, um ihm zu schaden, und als er den Heiligen Stuhl erklommen hatte, bestand eine seiner ersten Amtshandlungen darin, die Familie des Kardinals aus Rom zu verbannen.

Die Bibliophilie kennt die verschiedensten Formen und Spielarten. Oft dient sie edelmütigen Zwecken, zuweilen führt sie aber auch auf Abwege. Ihr Ursprung kann ebenso in kenntnisreicher Bewunderung wie in schlichter Habgier liegen, sie kann sich zur Liebhaberei entwickeln, aber auch zur zwanghaften Manie. Sie kann sich gleichermaßen als gefährlich und hilfreich erweisen. So sind sich die wenigsten Bücherdiebe bewusst, dass sie Gesetze brechen und gegen Regeln verstoßen. Viele halten ihr Tun für nützlich und notwendig, was es in einigen Fällen auch war. Denn ohne den maßlosen Hunger nach Büchern wären viele, darunter sogar einige der wichtigsten Werke der Antike, das Wissen und die Poesie der Alten Welt, längst verloren, und es ist nicht zuletzt einem namhaften Bibliomanen und seinen Streifzügen durch heruntergekommene Klosterbibliotheken zu verdanken, dass wir heute noch Ovid, Martial und Tacitus lesen können.

Es geht also nicht immer nur um den wertvollen Besitz und um das Zusammenraffen unvorstellbar kostbarer Schätze, sondern oft genug um das eifrige, durchaus uneigennützige Sammeln, Behüten und Retten von Ideen, Gedanken und Träumen. Selbst einer der verrücktesten und kaltblütigsten Bücherdiebe kam am Ende seines tragischen Lebens zu dem sinnreichen Schluss: »Jeder Mensch muss früher oder später sterben, aber gute Bücher müssen bewahrt werden!« Diese Einsicht könnte das Motto all der Geschichten sein, die ich in diesem Buch erzählen möchte: »Gute Bücher müssen bewahrt werden!« – dieser Satz ist das edle Credo der

Bibliophilie, aber auch das geheime Losungswort ihrer fanatischen Schwester, der Bibliomanie.

Das Bewahren ehrwürdiger Texte ist jedoch keineswegs der einzige und stärkste Trieb des wahren Bücherfreunds – sonst gäbe es heutzutage, wo jeder ganze Bibliotheken auf bleistiftstummelgroßen Datenspeichern in der Westentasche unterbringen kann, wohl keine dieser merkwürdigen Gesellen mehr. Oft ist es einfach das Glück, einen seltenen Band nach langer Suche und endlosen Wanderungen durch staubige Leseräume und zwielichtige Antiquariate endlich in Händen zu halten, den Geruch der Druckerschwärze und des alten Papiers einzuatmen, mit den Fingerspitzen über raues Pergament und feines Leinen zu streichen, das zu immer neuen bibliophilen Abenteuern treibt. Der besondere Reiz der Seltenheit kann aber durchaus auch vom Inhalt eines Buches ausgehen. »Seltene Bücher« werden im Chinesischen *shanben* genannt. Doch bedeutete der Begriff »selten« hier nicht ungewöhnlich wertvolle, prächtig ausgestattete Drucke, sondern Bücher von seltener inhaltlicher Qualität und erlesene Werke, die sich durch besonderen Feinsinn und Genauigkeit von durchschnittlichen Produktionen abheben.

Welche Autoren und Werke den eingangs erwähnten Bücherdieb besonders reizten und ob er trotz seiner unbändigen Sammelwut die chinesische Vorstellung von »Seltenheit« teilte, ist nicht bekannt, doch wenn ich ein Haus hätte, um es mit meinen liebsten Büchern zu füllen, könnte ich meine Auswahl nie auf einen kleinen Themenkreis begrenzen. Meine Vorliebe gilt aber auch nicht den teuren Erstausgaben berühmter Autoren, den kostbaren Handschriften des Mittelalters oder den seltenen Drucken der Neuzeit. Mich interessiert das Vergessene, Erfolglose, Ungeliebte, das vom Kanon Ignorierte und vom Zeitgeschmack Beiseitegeschobene. Wie der römische Rhetoriker Seneca sammle ich insbesondere jene Werke, die von anderen missachtet werden und deswegen umso kostbarer sind. Jene Bücher, die zuweilen in Ramschkartons vergilben und auf Dachböden verstauben. Ihnen würde ich ein neues Heim, einen angemessenen Platz in den Regalen eines schönen alten Hauses geben, wo sie geduldig auf neugierige Leser warten könnten. Nicht aus Besessenheit, sondern aus Liebe, Fürsorge und Respekt, denn Bücher sind, nach den schwärmerischen Worten des englischen Dichters Richard le Gallienne, Liebesbriefe zwischen Menschen, die sich nie begegnen, Zaubermuscheln, die mit den Geheimnissen des ozeanischen Lebens gefüllt sind, Obstgärten des Wissens und Honigwaben der Träume.

Das Buch der Geheimnisse

> Bücher sind Schiffe, die uns sicher über
> den weiten Ozean in das Herz der Hei-
> ligen Städte tragen.
>
> *Ralph Waldo Emerson*

Wer Bücher liebt, kennt vermutlich die fiebrige Sehnsucht nach diesem einen, ganz besonderen Buch, das irgendwo als geheimnisvoller Titel in Bibliographien und Fußnoten auftaucht und sofort die fast schmerzhafte Begierde weckt, es in Händen zu halten. Für den passionierten Bücherfreund gibt es nichts Verführerischeres als diese unbekannten, rätselhaften und unzugänglichen Werke. Sie aufzuspüren kann zur Lebensaufgabe werden und die Jagd nach ihnen zur Odyssee. Es gibt Bücher, die allein durch ihren Namen eine hypnotische Anziehungskraft ausüben. Manche scheinen umso begehrenswerter, je weniger über ihren Inhalt und ihren Verbleib bekannt ist. Ihren Ruf erlangen sie nicht durch häufige Lektüre, sondern durch all die phantastischen Gerüchte und Geschichten, die sich um ihre Existenz ranken.

Das längst vergessene Werk des persischen Universalgenies Abu 'r-Raihān Muhammad ibn Ahmed al-Bīrūnī enthält einige solcher Attraktionen. Geradezu unwiderstehlich klingt das »Buch der Unterweisung in die Anfänge der Kunst der Sterndeutung«; zumal sein

Verfasser ein gefragter Meister in jener bedeutenden Kunst war. So erzählt man, dass Sultan Mahmud eines Tages die Fähigkeiten seines vielgepriesenen Hofastrologen auf die Probe stellte. Er brachte ihn in einen Raum mit vier Türen und forderte ihn auf, vorherzusagen, durch welche Tür sein Gebieter das Zimmer verlassen werde. Al-Bīrūnī erstellte mittels komplizierter Berechnungen ein Horoskop, notierte seine Erkenntnis auf einen Zettel, der zusammengefaltet und sicher unter dem Kissen eines Diwans verwahrt wurde. Der Sultan, der sich für scharfsinnig hielt, weil er zwei, drei Koranverse auswendig konnte, ließ daraufhin eine fünfte Tür durch die Wand des Zimmers brechen und entschwand durch diesen neuen Ausgang. Als man den Zettel al-Bīrūnīs las, stellte sich heraus, dass er genau dies prophezeit hatte. Wütend über das Ergebnis, befahl der Sultan seinen Wachen, den Gelehrten aus dem Fenster zu werfen. Dieser wehrte sich nicht, da sein Blick in die Zukunft auch dies vorhergesehen hatte: Es würde ihm nichts geschehen, denn er sollte sanft und sicher in einem Netz landen, das unter dem Fenster gemäß seiner umsichtigen Anweisung aufgespannt worden war.

Ob die Geschichte der Wahrheit entspricht, ist umstritten, zumal der berühmte Wissenschaftler kein Hexenmeister war und ein eher zwiespältiges Verhältnis zu vorgeblich präzisen Aussagen der Astrologie hatte. Al-Bīrūnī wusste auch aus eigener Erfahrung, dass Horoskope nicht unbedingt zur Vermessung der Zukunft taugen, sondern eher mit ihren günstigen Vorzeichen seelische Erleichterung bei alltäglichen Sorgen brachten.

Auch der klügste und gebildetste Mensch, meinte al-Bīrūnī, hoffe in seiner Not auf einen guten Ausgang, freue sich an prophetischen Träumen und freundlichen Omen.

Als er selbst einmal Zerstreuung suchte, da ihm die unerwiderte Liebe zur verführerischen Haremsdame Raihāna großen Kummer bereitete, beauftragte er einige graubärtige Astrologen mit der Erstellung eines Horoskops. Ausgehend von seinem Geburtsdatum, dem 4. September 973, und seinem Geburtsort, der Stadt Kath in der Nähe des Aralsees, berechneten sie seine Lebenserwartung. Einer kam auf sechzehn, einer auf vierzig und einer auf über sechzig Jahre, während al-Bīrūnī die fünfzig bereits überschritten hatte. Er wurde wesentlich älter, als die Astrologen ihm geweissagt hatten, und er wusste die ihm bemessene Zeit gut zu nutzen. Seine Forschungen umfassten Themen und Bereiche, mit denen sich moderne Wissenschaftler der Mathematik, Geometrie, Physik, Geographie, Astronomie, Philosophie, Biologie, Soziologie und Religionsgeschichte auch heute noch auseinandersetzen. Nebenbei verfasste er am Hof des Sultans Mahmud drei literarische Werke, von denen eines, das leider verlorenging, den vielversprechenden Titel »Der zärtliche Liebhaber und die Jungfrau« trug. Weit bedeutendere Leistungen vollbrachte er allerdings in den »Gärten der Wissenschaften«: Er prüfte, kommentierte und ergänzte das Wissen der alten Griechen, beschäftigte sich insbesondere mit den Lehren des Aristoteles, bewies die Kugelform der Erde, berechnete den Erdumfang, experimentierte mit physikalischen Phänomenen und grübelte über Ursprung und Herkunft des Menschen.

Es überrascht daher kaum, dass al-Bīrūnī auch ein eifriger Büchersammler und leidenschaftlicher Büchernarr war, und unter den skurrilen Angehörigen dieser merkwürdigen Spezies war er mit Sicherheit einer der beharrlichsten. Er verbrachte seine Zeit gern in staubigen Bibliotheken und dämmrigen Buchhandlungen, wo er jene Werke aufzuspüren versuchte, die er nur vom Hörensagen kannte und deren Titel ihm so verheißungsvoll schienen, dass er sie um jeden Preis finden und lesen wollte. Im dichten Gedränge des Bazars feilschte er um zerfledderte Schriftrollen zweifelhafter Herkunft, beäugte neugierig den mit seltsamen Hieroglyphen bedeckten Papyros, in den ein Dattelverkäufer achtlos seine Ware wickelte, und fragte den Teppichhändler nach der Karawane, die aus dem fernen Indien eintreffen sollte und hoffentlich ein längst bestelltes Exemplar des »Brāhma-Siddhānta« von Brahmagubta mitbringen würde, das ihm vielleicht bei seiner Beschäftigung mit dem Problem der Erdrotation weiterhelfen konnte. Was er jedoch vor allen anderen begehrte, war jenes legendäre »Buch der Geheimnisse« von Mani. Al-Bīrūnī fragte jeden durchreisenden Fremden, jeden Kaufmann und jeden Gelehrten, den er kannte oder zufällig traf, ob er davon gehört habe, ob es wirklich existiere und wo es zu finden sei. Doch niemand wusste Antwort, und nicht wenige hielten ihn für verrückt.

Seit er das Werk des Alchimisten ar-Rāzī studiert hatte, war er von den rätselhaften Schriften der Manichäer fasziniert. Denn dieser alte Ketzer hatte zwar die Religion im Allgemeinen als Teufelswerk verurteilt, die Weisheit Manis, die sich in seinen Briefen und Nachlässen offenbare, jedoch ausdrücklich gelobt.

Der babylonische Glaubensführer, der auch unter den Namen Manes oder Manichäus bekannt war, hatte sich lange mit christlichen, buddhistischen und magischen Lehren beschäftigt und sah sich selbst als direkter Nachfolger einer langen Reihe von Propheten: »Nicht haben die Gesandten Gottes aufgehört, mit Weisheit und Wundertaten von Zeit zu Zeit zu erscheinen. In dem einen Jahrhundert geschah ihr Auftreten durch den Propheten, der Buddha für das Land Indien war, in einem anderen durch Zarathustra für das Land Persien, in einem anderen durch Jesus für das Land des Westens, danach kam diese Offenbarung und dieses Prophetenamt herab in diesem letzten Jahrhundert durch mich, Mani, den Gesandten des wahren Gottes für Babylonien.« Der Prophet wurde von seinen Anhängern als »Engel des Lichts« verehrt. Sein Weltbild war dualistisch: Licht und Dunkelheit, Gut und Böse, Geist und Materie sah er in einem ewigen Kampf. Die materielle Welt und alles Körperliche ordnete er dem Reich des Bösen zu. Um die Vollkommenheit zu erlangen, müsse der Mensch seine Seele durch bestimmte Riten reinigen und lernen, auf alles Irdische und Materielle zu verzichten. Der Weg ins Paradies führte über das strenge Gebot der Askese. Der fromme Manichäer sollte in Armut leben, Almosen spenden, auf Fleisch und jegliche Sinnesfreuden verzichten. »Alles, was man mit den Sinnen aufnimmt«, heißt es bei Thomas Pynchon, »was ein Mensch in der Welt, die ihm gegeben ist, liebt: die Gesichter seiner Kinder, Sonnenuntergänge, Regen, der Duft der Erde, ein herzliches Lachen, die Berührung durch einen geliebten Menschen, das Blut eines Feindes, das Essen, das die Mutter gekocht hat, Wein, Musik, sportliche Triumphe, eine attraktive Fremde, der Körper, in dem er sich zu Hause fühlt, die Meeresbrise, die über seine nackte Haut streicht – all diese Dinge sind für den gläubigen Manichäer von Übel, die Werke einer bösen Gottheit, Phantome und Verschleierungen, von Anbeginn zugehörig dem Reich der Zeit, des Auswurfs und der Finsternis.«

Diese vollkommen lust- und lebensfeindliche Lehre verbreitete sich im 3. Jahrhundert in ganz Persien, bis Bahrām König wurde und Mani festnehmen ließ. Der Herrscher sah in dem Propheten eine Bedrohung – nicht nur für den eigenen Thron, sondern für die gesamte Menschheit, die aussterben würde, wenn sie den manichäischen Geboten folgte. Der Weltenzerstörer musste vernichtet werden, ehe er sein Werk vollenden konnte. Mani wurde zusammen mit zahlreichen Anhängern auf grausamste Art hingerichtet. Ihm wurde die Haut abgezogen, die leere Hülle wurde mit Stroh ausgestopft und zur Abschreckung und Warnung am Tor der Stadt Gondēŝāpur aufgehängt.

Nach dem Tod des Märtyrers verlor seine Religion rasch an Bedeutung, seine Schriften wurden in alle Winde zerstreut, seine Worte wurden vergessen. Doch al-Bīrūnī kannte rund siebenhundert Jahre später zumindest noch die Titel seiner wichtigsten Werke: »Das Buch der Riesen«, »Der Schatz des neuen Lebens«, »Die Morgenröte der Gewissheit«, »Die Grundlegung«, »Das Evangelium« und ebenjenes sagenumwobene »Buch der Geheimnisse«, das ihn seit seiner Jugend geradezu magisch anzog und seine Phantasie beflügelte.

Vierzig Jahre blieb al-Bīrūnī über die Mysterien Manis im Ungewissen. Dann, eines Tages, er war schon ein betagter Mann, suchte ihn ein Bittsteller auf, der die Gunst des Gelehrten mit einigen seltenen Büchern zu gewinnen hoffte. Der Wissenschaftler strich sich genüsslich den Bart, als er die Gabe dankend akzeptierte, betastete freudig das altehrwürdige Pergament und schnupperte begierig den Staub der Jahrhunderte, ohne zu ahnen, was die Vorsehung oder der Zufall ihm hier ins Haus geweht hatte. Denn unter den Schriftrollen, losen Blättern und Kopien obskurer Poeten aus dem Land der zwei Ströme fand sich auch ein Band mit den heiligen Schriften der Manichäer, einige Briefe ihres Propheten – und das »Buch der Geheimnisse«. »Da überkam mich eine Freude, wie sie den Verdurstenden beim Anblick einer Fata Morgana überkommt«, schrieb al-Bīrūnī. So lange hatte er den Augenblick herbeigesehnt, so lange hatte er vergeblich gehofft, zu ergründen, was es mit dieser nebulösen Weisheit des Lichtengels auf sich habe, und nun hatte er endlich das Ziel erreicht und stand kurz vor der Enthüllung des größten Rätsels. Doch dann musste er feststellen, wie wenig eine Fata Morgana mit einer echten Oase gemein hat, und ihn befiel dieselbe Betrübnis wie den Wanderer in der Wüste, der beim Näherkommen merkt, dass die Luftspiegelung und die Hitze ihm einen Streich gespielt haben. Statt inspirierender Weisheit und Erleuchtung fand der Gelehrte nur reinen Schwachsinn und glatten Unfug: »Der Titel täuschte mich, so wie in der Alchemie das weiß und gelb Gefärbte manch einen außer mir täuscht.« Al-Bīrūnī fertigte sogleich eine Zusammenfassung des belanglosen Werkes an, »damit jeder, der von derselben Krankheit wie ich angesteckt sein sollte, sich damit vertraut machen kann und seine Genesung ebenso rasch vonstattengeht wie in meinem Falle«.

Die kleine Schrift über die Manichäer war nur eines von 145 Büchern und Traktaten, die al-Bīrūnī im Laufe seines Lebens verfasste und die er liebevoll seine »Kinder« nannte. Nur weniges ist erhalten. Trotz seiner unbestrittenen Verdienste blieb der Name eines der bedeutendsten Wissenschaftler der islamischen Welt im Westen lange unbekannt, bis einige seiner wichtigsten Arbeiten, wie sein umfangreicher Bericht über die Kultur und Geschichte Indiens, Ende des 19. Jahrhunderts von Orientalisten entdeckt und zum Teil auch übersetzt wurden.

Al-Bīrūnī starb entgegen allen astrologischen Vorhersagen im Alter von 75 Jahren, am 9. Dezember 1048. An jenem Tag besuchte ihn ein Freund, der ihn in einem sehr geschwächten Zustand vorfand. Doch trotz all seiner Leiden und Gebrechen beschäftigte sich al-Bīrūnī noch immer mit einem komplizierten juristischen Problem und bat seinen Freund, der als Experte auf diesem Gebiet galt, es ihm zu erklären. Dieser befürchtete, ein langer Vortrag zu einem so schwierigen Thema werde den Kranken zu sehr belasten, doch al-Bīrūnī bestand darauf. Es sei doch besser, wenn er die Welt mit diesem Wissen verlasse. Der Freund gab schließlich nach und begann mit dem Sterbenden zu diskutieren. Nach einiger Zeit verabschiedete er sich. Kaum hatte er das Haus verlassen, erklang hinter ihm die Totenklage.

So vergeblich al-Bīrūnīs lebenslange Suche auch scheinen mag, offenbart sie uns nicht nur die echte Leidenschaft eines Bücherfreundes, sondern eine größere Weisheit als irgendein längst zerfallenes Buch der Geheimnisse. Denn wenn das Suchen wichtiger ist als das Finden, der Schlüssel wichtiger als der Schatz und der Weg wichtiger als das Ziel, dann hätten wir alles, was wir brauchen, um glücklich zu sein.

Der Bücherfresser

In meiner Bibliothek habe ich die ganze
Welterfahrung, die ich brauche.

Lionel Johnson

Für die meisten von uns sind Bücher freundliche und
nützliche Begleiter, die dem Zeitvertreib, der Bildung
oder schlicht der Information dienen. Für einige Menschen sind Bücher das Leben. Nicht nur, weil es ihr
Beruf zwangsläufig mit sich bringt oder weil sie bibliophile Neigungen verspüren, sondern weil sie unfähig
sind, etwas anderes als Bücher zu lieben. Wie innig,
allumfassend und vollkommen eine solche Liebe sein
kann, erzählen die vielen kuriosen Geschichten um
den florentinischen Bibliothekar Antonio Magliabechi,
der von seinen Zeitgenossen »Bücherfresser« genannt
wurde.

Magliabechi wurde im Jahr 1633 in ärmlichen Verhältnissen geboren und schlug sich in seinen jungen Jahren
mit allerlei niedrigen Arbeiten durch, bis ihn ein Buchhändler in der Nachbarschaft als Lehrling aufnahm. Der
junge Florentiner verfügte über keine jener besonderen
Eigenschaften, die unweigerlich zu großem Erfolg führen. Er war weder gutaussehend noch gesellig, hatte kein
handwerkliches oder kaufmännisches Geschick, kein
nennenswertes Glück bei den Damen und auch keine

ausgeprägte poetische oder künstlerische Phantasie, der er hätte Ausdruck verleihen können. Seine Herkunft war unbedeutend, seine Ausbildung lückenhaft. Dennoch hatte er eine Gabe, die den Buchhändler, der ihn unter seine Fittiche genommen hatte, maßlos begeisterte: Dieser ansonsten eher unscheinbare junge Mann hatte ein phänomenales Gedächtnis. Hatte er ein Buch einmal gelesen, konnte er nicht nur den Inhalt korrekt wiedergeben, sondern ganze Passagen auswendig zitieren, er konnte das entsprechende Kapitel und die Seite, der er das Zitat entnommen hatte, benennen, und es gelang ihm stets, das Buch in den mehr schlecht als recht geordneten Beständen seines Meisters wiederzufinden.

So fand Antonio Magliabechi schließlich seinen Platz in der Welt. Er las von morgens bis abends, las so lange, bis ihm die Augen zufielen, und setzte seine Lektüre mit den ersten Sonnenstrahlen sogleich fort. Sein monströses Gedächtnis speicherte alles sorgfältig und legte die Texte zuverlässig abrufbar in den kleinen grauen Zellen ab. Von Jahr zu Jahr glich sein Gehirn mehr und mehr einer ständig wachsenden Bibliothek, deren Regale täglich mit neuen Bänden gefüllt und durch neues Wissen erweitert wurden. Natürlich stellte man sein Erinnerungsvermögen schon bald auf die Probe: Ein Manuskript, das er vor einiger Zeit gelesen habe, sei verlorengegangen. Magliabechi ahnte nichts von der Täuschung und schrieb den Text sogleich aus dem Gedächtnis nieder. Als man seine Version mit dem Original verglich, konnte man keinen Unterschied feststellen. Jede Zeile, jedes Wort war identisch.

Magliabechi nutzte seine Kenntnisse nie für ein eigenes Werk. Er stellte sich ganz in den Dienst der Autoren, Wissenschaftler und Gelehrten, denen er bereitwillig jede Information und jeden Hinweis lieferte. Bald war sein bibliographisches Wissen weit über Florenz hinaus berühmt, und er wurde mit Anfragen überhäuft. Wer ein bestimmtes Werk zu einen bestimmten Thema suchte, wandte sich an ihn. Hätte al-Bīrūnī ihn nach den verschollenen Büchern der Manichäer gefragt, hätte er höchstwahrscheinlich sofort eine weiterführende Antwort gewusst oder ihm gleich selbst den lang vermissten Band in die Hand gedrückt.

Im Jahr 1673 wurde Antonio Magliabechi von Cosimo III. die Verantwortung für die Palastbibliothek in Florenz übertragen. Der Großherzog war von dem unglaublichen Gedächtnis seines Bibliothekars entzückt. Er bewunderte das schier unerschöpfliche Wissen dieses wunderlichen Bücherwurms. Als er ihn einmal nach einem seltenen Titel fragte und ob dieser in seiner Sammlung zu finden sei, antwortete Magliabechi: »Nein, aber Sie finden das Buch in der Bibliothek des Sultans in Konstantinopel. Es ist der siebte Band im zweiten Regal auf der rechten Seite neben dem Eingang.« Magliabechi war in den Straßen von Florenz längst eine Berühmtheit. Nur zweimal in seinem Leben verließ er seine Heimatstadt, um auf Befehl des Großherzogs in nahe gelegene Ortschaften zu reisen. Er führte jedoch eine umfangreiche Korrespondenz und wurde häufig von Hilfesuchenden und Neugierigen beim Lesen gestört. Wenn ihm die Bibliotheksbesucher zu aufdringlich und lästig wurden, rief er ihnen übellaunig zu: »Achtet darauf, dass ihr meinen Spinnen nichts antut!« Die Spinnen, die sich zwischen den alten Folianten ebenso wohlfühlten wie er, schienen überhaupt die einzigen Lebewesen zu sein, für die er so etwas wie Sympathie empfand.

Ein holländischer Professor, der Magliabechi in dessen Florentiner Domizil aufsuchte, erzählte von den gewaltigen Bücherbergen, zwischen denen der Bibliothekar hauste. Die zwei oder drei Zimmer im Erdgeschoss waren so vollgeräumt, dass man sich kaum vorbeizwängen oder irgendwo hinsetzen konnte. Es gab nur einen schmalen Gang, durch den man von einem Zimmer ins nächste gelangte. Auch unter der Treppe waren Bücher gestapelt, und auf den Stufen drängten sie sich bis hinauf in den zweiten Stock. Hier gab es keine einzige Stelle, die frei von Büchern gewesen wäre. Sie waren überall, selbst auf den beiden Betten lagen sie aufgehäuft. Magliabechi lebte in einer Bücherhöhle, saß auf Büchern, aß auf Büchern, schlief auf Büchern. Abends warf er einen alten Teppich über einen Bücherhaufen, um sich darauf zur Ruhe zu betten. Mittags stapelte er ein paar Folianten aufeinander, die ihm als Tisch dienten. Seine Nahrung war äußerst bescheiden: Für gewöhnlich nahm er nur Eier und Brot zu sich und trank dazu Wasser. Der Gast aus Holland entdeckte in einer offenen Schreibtischlade ein paar Eier und Münzen, die der Bibliothekar für seine täglichen Bedürfnisse beiseitegelegt hatte. Doch weil er kaum auf etwas anderes achtete als auf seine Bücher, wurde die Schublade mit den Vorräten häufig von Dienern oder Besuchern geplündert.

Magliabechis Kleidung war so schlicht wie seine Lebensweise. Er trug eine schwarze Jacke, die ihm bis zu den Knien reichte, lange Kniebundhosen, einen alten geflickten schwarzen Mantel, einen unförmigen abgetragenen und an den Rändern ausgefransten Hut und ein grobes Halstuch, das mit Schnupftabak verschmiert war. Das Hemd, das durch die Löcher in den abgewetzten Ärmeln seiner Jacke deutlich sichtbar war, trug er immer so lange auf dem Leib, bis es auseinanderfiel. Um sich die Hände warm zu halten, hatte er kleine Öfen an seinen Armen befestigt, so dass seine Kleider häufig angesengt wurde. Doch trotz seiner eigentümlichen Lebensweise und seiner sonderbaren Erscheinung war er meist freundlich und hilfsbereit.

Man könnte meinen, dass von einem solchen Kauz, der sein ganzes Leben in einer Bibliothek verbrachte und der dank seiner zerebralen Wissensspeicher gewissermaßen selbst eine Bibliothek war, nicht viel mehr in Erinnerung bleiben dürfte als ein paar Anekdoten und Geschichten. Schließlich hatte er, dessen Belesenheit grenzenlos war, nie etwas Eigenes hervorgebracht. Doch war dies auch gar nicht nötig, um seinen Nachruhm zu sichern, denn sein Name erschien in zahlreichen Publikationen seiner Zeit – in Widmungen und Danksagungen von Werken, die ohne seine Hilfe vielleicht nie geschrieben worden wären. Eine Widmung, die er besonders schätzte, bestand aus einer Liste all der Bücher, die ihm zuvor gewidmet worden waren, zusammen mit unzähligen Lobschriften in Prosa und Versen zu Ehren des großen Bibliothekars und seines unerschöpflichen Wissens.

1714 starb Antonio Magliabechi, wie er gelebt hatte. Friedlich in einem Schaukelstuhl, inmitten seiner geliebten Sammlung, ein aufgeschlagenes Buch auf dem Schoß und ein Lächeln auf den Lippen. Die dreißigtausend Bücher, die er für seine eigenen Regale erworben hatte, vermachte er seiner Heimatstadt unter der Bedingung, dass sie der Öffentlichkeit zugänglich bleiben sollten. Die Schatzkammer des Wissens wurde 1860 mit der Bibliotheca Palatina vereint und ist heute Teil der Bibliotheca Nazionale Centrale.

Und noch etwas blieb von dem dienstbaren »Bücherfresser«: das kleine Porträt eines verschmitzt lächelnden alten Mannes, der von Bücherstapeln umgeben ist und ein Buch in der Hand hält. Darunter die Inschrift: »Um Bildung zu erlangen, genügt es nicht, viele Bücher zu lesen – man muss über das Gelesene nachdenken.«

Der König der Buchhändler

Keine lebende Seele.
Stille.
Nur Bücher.

Blaise Cendrars

Paris ist nicht nur die Hauptstadt des *savoir vivre* und
ein Tummelplatz für mehr oder weniger begabte Künstler, Schriftsteller und Bohemiens, sie ist und war seit jeher auch ein Zentrum der Bouquinisten, Antiquare und
Buchhändler. Wer kennt nicht den legendären Laden
von Sylvia Beach, Shakespeare & Company, in dem die
berühmtesten Literaten – James Joyce, Ernest Heming-
way, Colette, Walter Benjamin – täglich ein und aus gin-
gen? Oder Adrienne Monniers Maison des Amis des Livres auf der gegenüberliegenden Straßenseite der Rue
de l'Odéon, wo die Avantgarde der französischen Dichter und Denker verkehrte? Doch neben diesen Orten,
die vom Esprit genialer Menschen erleuchtet wurden,
gab es immer auch die dunkleren Winkel, die lichtlosen
Keller und schäbigen Kammern, in denen trübsinnige
Eigenbrötler über wunderlichen Einfällen brüteten.

Zu Beginn des 20. Jahrhunderts befand sich in einem
finsteren Hinterhof in der Nähe des Seineufers eine
Buchhandlung, die sich mit dem Ruhm von Shakespeare & Company nicht messen konnte, aber in gewis-
sen bibliomanischen Kreisen einen beinahe ebenso sa-

genhaften Ruf hatte. Ihr Eingang war durch ein altes
schmutziges Marmorschild mit der Inschrift »Ameri-
cana« gekennzeichnet. Daneben befand sich ein ver-
witterter Torbogen, eine rußgeschwärzte fensterlose Fas-
sade und drei Stufen, die zu einem engen Korridor
ohne Lichtschalter und einer unscheinbaren Tür ohne
Türklingel führten. Blaise Cendrars, der Schweizer Wel-
tenbummler, beschrieb, was den Besucher dahinter
erwartete: »Ein beeindruckender Anblick. Vom Par-
kettboden bis zur Decke, eng aneinandergereiht auf
den Regalen, in schwankenden Stapeln, große und
kleine und dicke und dünne, vor allem alte Bücher mit
schönen Einbänden und schwere, in Pergament gebun-
dene Foliobände und Berge von Mappen voller Drucke
und Stiche, eine Sintflut von Buchhandlungskatalogen
aus allen Ländern und in allen Sprachen ergoss sich
über die Tische, und in den dunklen Ecken eine Lawine
von Gedrucktem und auf dem Fußboden verstreuten
Blättern, Zeitschriften, Broschüren, Einzelbänden, ein
riesiges Durcheinander, ein Kafarnaum, und überall
Staub.«

In der Mitte dieser Bücherhöhle stand ein großer
altertümlicher Ofen, der Sommer und Winter geheizt
wurde und dünne gelbliche Rauchschwaden abson-
derte, die das Atmen erschwerten und den Raum dem
Anschein nach in ein merkwürdiges Refugium für exo-
tische Tier- und Pflanzenarten verwandelte. Hinter dem
gusseisernen Monstrum saß eine vermummte Gestalt in
einem Lehnstuhl und las. Es war niemand anders als
Charles Chadenat, der Eigentümer des Ladens, der

überaus selten etwas anderes tat als lesen. Er trug eine fleckige Mütze auf dem Kopf, eine Wolldecke um die Schultern, fingerlose Handschuhe, und seine Füße steckten in einem wärmenden Fußsack. Betrat ein Kunde den Laden, wurde er von dem in seine Lektüre vertieften Antiquar zunächst einmal ignoriert. Aufdringliche und neugierige Personen wurden kurzerhand hinausgeworfen, und nur jene, die eine interessante Frage zu einem interessanten Thema, einem bestimmten Buch oder eine originelle und intelligente Bemerkung parat hatten, wurden gnadenhalber geduldet. Kurzum: Chadenat war ein Buchhändler, der nur sehr, sehr ungern etwas verkaufte. Er kaufte, hortete und las die Bücher lieber selbst. Gelegentlich ließ er sich zu einem Tauschgeschäft herab, wenn er dabei eine minderwertige Dublette loswerden und dafür eine nur ihm bekannte Kostbarkeit ergattern konnte. Selten ließ er sich nach langem Feilschen dazu überreden, ein gut erhaltenes Exemplar aus seinen übervollen Regalen zu veräußern, und jene Kunden und Sammler, die seltene Bücher nur wegen ihres materiellen Wertes kauften, hatten bei ihm keine Chance. Sie wurden beschimpft, verhöhnt und vor die Tür gesetzt.

Die Lektüre Chadenats war keineswegs willkürlich und ziellos. Er war ein vortrefflicher Kenner der Entdeckungs- und Kolonialgeschichte. Seine schier unersättliche Wissbegier wurde freilich von einer ebenso fragwürdigen wie finsteren Marotte angestachelt: Er hasste England und alles Englische. Er war zutiefst davon überzeugt, dass die Briten für alles Unheil verant-

wortlich waren und den Niedergang Frankreichs her-
beigeführt hatten. Grollend folgte er dem immerwäh-
renden Konflikt beider Nationen im Rückwärtsgang
durch die Weltgeschichte: Auf allen Meeren, auf allen
Erdteilen hatte das verhasste England die kolonialen
und missionarischen Bestrebungen der tapferen Fran-
zosen bekämpft, unterbunden und die friedlichen französischen Siedler und Kaufleute zurückgedrängt. Von
den Piratenüberfällen in der Karibik bis zu den Indi-
anerkriegen in Kanada, vom Verlust Virginias und Loui-
sianas bis zu den Kämpfen um Südseeinseln und Han-
delsposten im Indischen Ozean, vom Krimkrieg bis zum
peinlichen Säbelgerassel im Sudan während der Fascho-
dakrise – überall hatten die dunklen Machenschaften
geldgieriger und profithungriger Engländer den zivi-
lisatorischen Einfluss Frankreichs untergraben und
durch gnadenlose Ausbeutung ersetzt.

Chadenats größter Alptraum war die Vorstellung,
dass seine geliebte Sammlung seltener geographischer
Werke nach seinem Tod von seinem englischen Wider-
sacher, dem erfolgreichen Londoner Antiquariat Maggs
Brothers, aufgekauft werden könnte. Ein entsetzlicher
Gedanke! Auch die letzte Bastion des französischen Na-
tionalstolzes würde dann an den Feind fallen! Doch
der eifersüchtige, anglophobe Buchhändler hatte niemanden, der sein Erbe antreten, sein Lebenswerk fort-
führen und vor dem Zugriff diabolischer englischer Antiquare beschützen könnte. Sohn und Tochter machten
sich nichts aus Büchern und wollten den ganzen »Krem-
pel« möglichst rasch versteigern lassen. Der Meistbie-

tende würde den Zuschlag bekommen, gleich ob Franzose, Engländer oder Eskimo.

So starb der stets kränkliche Charles Chadenat einsam und verbittert, ohne sich mit seinen Nachkommen versöhnt und einen würdigen Nachfolger gefunden zu haben, im Jahr 1938. Nach seinem Tod wurde der Bestand seines Antiquariats tatsächlich versteigert. Doch dauerte es sehr lange, bis die gewaltige Sammlung geordnet und katalogisiert war, und die Auktion zog sich über Jahre hin. 1947 meldete die Zeitung *Le Figaro*: »Die Chadenat-Bibliothek ist im Begriff, zu einer Legende zu werden. Ist sie endlich erschöpft? Wird sie es jemals sein? Jedenfalls ist es das vierte Jahr, dass sie verkauft wird, doch sie scheint unversiegbar zu sein. Vorige Woche hat Maître Étienne Ader mit seinem üblichen Elan den elften Teil veräußert, und es handelte sich dabei wiederum um dreihundert Bände geographischer Werke und Reisebeschreibungen, keine Luxusausgaben, aber unauffindbar, Beschreibungen von sehr alten Forschungsreisen in unbekannten Ländern, die die Bouquinisten in Entzücken versetzt haben.« Ein Teil der Sammlung, Werke, die sich mit der Entdeckungsgeschichte Kanadas beschäftigen, befindet sich heute in der Universitätsbibliothek von Harvard. Ob jemand von der traditionsreichen Londoner Buchhandlung Maggs Brothers bei den Auktionen anwesend war, ist nicht bekannt, aber es ist nicht unwahrscheinlich, dass die eine oder andere Kostbarkeit aus den verstaubten Regalen des Charles Chadenat trotz aller bitteren Feindschaft ihren Weg nach England gefunden hat.

Wie jede Leidenschaft birgt auch die Bücherliebe die Gefahr der Enttäuschung und Eifersucht in sich. So zerfiel das Reich des »Königs der Buchhändler«, wie ihn seine Stammkunden und Bewunderer nannten, seine Schätze wurden in alle Winde zerstreut, doch sein mürrischer Schatten brütet wohl immer noch im staubigen Winkel eines heruntergekommenen Antiquariats über befremdlichen Theorien.

Die Verbrechen des Don Vincente

Hob er den Kopf: Bücher!
Senkte er ihn: Bücher!
Rechts, links: Bücher, nur Bücher!

Gustave Flaubert

Buchhändler und Antiquare sind in der Regel fried-
fertige Gesellen. Zumindest dem Anschein nach. Das
Betreten einer Buchhandlung gilt daher als ungefährlich
und der dort lauernde Verkäufer als vollkommen harmlos. Ein fataler Irrtum.

Don Vincente, ein hagerer Mönch, der wegen seines
spärlichen Haarwuchses und seiner abgezehrten Ge-
sichtszüge sehr viel älter wirkte, als er tatsächlich war,
arbeitete als Bibliothekar in dem Zisterzienserkloster
Poblet in der Nähe von Tarragona, im Nordosten Spa-
niens. Die gutbestückte Klosterbibliothek war das Ge-
schenk eines der letzten Könige von Aragonien. Der
prachtvolle Saal mit den hohen gotischen Fenstern, den
Eichenregalen und Lesepulten lockte Wissbegierige und
Gelehrte aus der ganzen Welt. Eines Nachts wurde das
Kloster von Einbrechern heimgesucht, die es auf die unzähligen Kunstschätze und seltenen Bücher abgesehen
hatten, aber nur beschränkte Vorstellungen davon be-
saßen, was wirklich wertvoll war und was eher unbedeutend. Don Vincente, der sich zu später Stunde noch
im Lesesaal herumtrieb, um ein wenig an alten Perga-

menten zu schnuppern und zärtlich über den Maro-
quinledereinband einer seltenen Sammlung von Heiligenlegenden zu streichen, ertappte die Gauner oder
wurde vielmehr von ihnen ertappt und mit dem Tod bedroht. Sollte er Alarm schlagen? Zitternd verriet er seinen Orden und seinen Glauben. Als er gewahr wurde,
dass er es mit hilflosen Tölpeln zu tun hatte, beschloss
er, die gefährliche Situation für sich zu nutzen. Der Bibliothekar, der sich in den Schatzkammern bestens aus-
kannte, verbündete sich mit den Plünderern. Er zeigte
ihnen angeblich unersetzliche Exemplare, die eigentlich
wertlos waren, und bediente sich skrupellos bei den echten Prunkstücken. Mit einem Sack voller Bücher floh
Don Vincente in der Dunkelheit nach Barcelona. Dort
wollte er ein neues Leben beginnen.

Einige Wochen später eröffnete der abtrünnige Mönch
ein kleines Antiquariat. Er war ein seltsamer Kauz und
lebte mehr schlecht als recht vom Verkauf von Ramsch
und Tand. Die guten und schönen Bücher liebte er so
sehr, dass er es kaum über sich brachte, sie aus den Händen zu geben. Erkundigte sich jemand nach dem Preis
eines wohlfeilen Bandes, erhöhte er ihn vorsichtshalber
bis an die Grenze des Unerschwinglichen. Die seltenen
Ausgaben erwarb er lieber für sich selbst. Und so besuchte er so gut wie jede Buchauktion in der Stadt und
näheren Umgebung, um sich auch nicht die geringste
Kostbarkeit entgehen zu lassen. Sein Herz hing besonders an jenen Ausgaben, die nur noch in einem Exemplar erhalten waren, ihr Inhalt interessierte ihn weniger, er war ihm oft sogar gleichgültig. Als das letzte noch

existierende Exemplar eines Bandes mit kirchlichen Edikten aus dem Jahr 1482 – »Furs e Ordinacions fetes par los gloriosos reys de Aragon als regnicols del regne de Valencia« aus der Werkstatt des ersten spanischen Druckers, Lambert Palmart – versteigert werden sollte, eilte er mit fiebrig glänzenden Augen zum Auktionssaal, um sich das unersetzliche Stück zu sichern. Doch auch Don Vincentes ärgster Konkurrent, der Buchhändler Augustino Patxot, hatte ein Auge auf das seltene Werk geworfen und war entschlossen, es an sich zu bringen – und sei es, um dem verhassten Rivalen eins auszuwischen. Dieser rechnete in seinem selbstgefälligen Wahn nicht wirklich mit Widerstand und war sich seiner Sache allzu sicher. Zunächst lief alles nach Plan: Patxot erreichte schon bald die Grenze seines Budgets, und einen Augenblick schien es, als würde der Mönch obsiegen. Doch sein Gegner fand Verbündete unter den Antiquaren im Saal, denen das selbstherrliche und anmaßende Verhalten Don Vincentes missfiel und die bereit waren, Patxot finanziell zu unterstützen. So wurde Don Vincente schließlich überboten. Gramgebeugt und ohne seinen heißbegehrten Schatz musste er heimkehren.

Drei Tage später ging Patxots Buchhandlung in Flammen auf. Man hielt das Feuer für ein Unglück. Zunächst – denn in den folgenden Tagen fielen in und um Barcelona neun bedeutende Bücherfreunde, Sammler und Literaten, die allesamt Patxots Kunden gewesen waren, einem heimtückischen Mörder zum Opfer. Da jeder in der Stadt von der Feindschaft zwischen Don Vincente und Patxot wusste, zögerte man nicht lang und durchsuchte das Antiquariat des Mönchs. Stolz führte dieser den Untersuchungsrichter durch seine ansehnliche Sammlung. Der Beamte bewunderte die pedantische Ordnung in den vollgestopften Regalen, die er für das sichere Indiz eines ebenso geordneten Verstandes hielt. Zwar gab es hier kein natürliches Licht, da die Fenster hinter den Bücherwänden verborgen waren, aber wenigstens war es nicht so staubig und schmutzig wie bei den anderen Trödlern. Als er neugierig einen Schmöker mit dem schönen Titel »Die Mühen und Leiden des Persiles und der Sigismunda« aus dem Regal mit den Werken katalanischer Poeten herausnahm, wo er seines Wissens eigentlich gar nicht hingehörte, öffnete sich plötzlich zwischen den ausgestellten Büchern ein raffiniert getarntes Geheimfach. Der verblüffte Richter entdeckte darin nicht nur den seltenen Band mit den kirchlichen Edikten, der eigentlich mit Patxots Laden verbrannt sein musste, sondern zahlreiche weitere Raritäten aus den Sammlungen der Mordopfer.

Don Vincente wurde angeklagt und vor Gericht gestellt, doch er leugnete alles und beteuerte seine Unschuld. Er hatte keine Freunde, die für ihn hätten sprechen können, aber es gab auch keine Zeugen der Verbrechen, die man ihm zur Last legte – nur Indizien. Patxots Kollegen beschrieben in deutlichen Worten den Hass und die Gier Don Vincentes, sie erzählten von der offenen Feindschaft der beiden Buchhändler und von der eigenartigen Besessenheit des Mönchs, der nur minderwertige Bücher verkaufte, die Perlen aber stets für sich behielt. Dann hörte man den Inspektor, der das Geheimfach entdeckt hatte. Don Vincente erbleichte, wollte sich aber nicht dazu äußern. Er zuckte die Achseln, als ob die Bücher der Ermordeten rein zufällig in sein Versteck gelangt wären. Erst nachdem der Richter ihm zugesichert hatte, dass seine Bibliothek auch nach seiner Verurteilung erhalten bleiben würde, begann er zu reden und gestand seine Untaten ohne Reue. Er habe jedem seiner Opfer die Absolution erteilt und doch nur versucht, einzigartige, kostbare Werke vor ihren unwürdigen und nachlässigen Besitzern zu retten: »Jeder Mensch muss früher oder später sterben«, sagte er, »aber gute Bücher müssen bewahrt werden!«

Mit der Hinrichtung Don Vincentes im Jahr 1836 ist die erstaunliche Geschichte noch nicht zu Ende. Ein junger Franzose namens Gustave Flaubert, eigentlich noch ein Schuljunge, erfuhr aus der Zeitung von den Verbrechen des wahnsinnigen Mönchs, der als »Ungeheuer von Barcelona« für Schlagzeilen sorgte. Der sonderbare Kriminalfall diente als Vorlage für die kleine Erzählung »Bücherwahn«, die erst nach dem Tod des berühmten Autors entdeckt und 1910 veröffentlicht wurde. In dieser frühen Stilübung des fünfzehnjährigen Flaubert wird aus dem gefallenen Mönch und gewissenlosen Mörder das Urbild des Bibliomanen, dessen Bücherwahn keine Grenzen kennt und beinahe erotische Züge annimmt: »Er liebte das Buch um des Buches willen, er liebte den Geruch, das Format, den Titel. Ihn fesselten an einer Handschrift die alte, kaum lesbare Jahreszahl, die fremdartigen Verzierungen gotischer Let-

tern, die schwer vergoldeten Initialen; mit Wonne zog
er den betörenden Duft des Staubes ein, der die Seiten
bedeckte; ihn begeisterte das Wort ›finis‹, umwunden
von Bandschleifen, umgeben von zwei Amoretten, gelehnt an eine Quelle; oder gemeißelt auf einen Grab-
stein oder ruhend in einem Rosenkorb mit goldenen
Früchten und blauen Blumen.«

Flaubert fügte der wahren Geschichte eine neue
Pointe hinzu. Sein wahnsinniger Büchernarr, der Mönch
Giacomo, will während der Auktion das letzte Exemplar des ersten in Spanien gedruckten Buches ersteigern
und ermordet seinen Rivalen, um es an sich zu bringen.
Während der Gerichtsverhandlung präsentiert sein Ver-
teidiger zur Überraschung aller jedoch ein zweites Exemplar jenes Buches, um die Unschuld seines Man-
danten zu beweisen und ihn vor dem Todesurteil zu
bewahren. Giacomo verliert beim Anblick des Buches
endgültig den Verstand. Er nimmt es in die Hand, um-
armt es zärtlich, schlägt es behutsam auf, lässt auf die
Seiten ein paar Tränen fallen, und dann reißt er es wütend in Stücke. »Sie haben gelogen, Herr Advokat! Ich
habe es ja gesagt: es gibt nur ein Exemplar in Spanien!«

Die Büchermorde von Leipzig

Der Umgang mit Büchern bringt die
Menschen um den Verstand.

Erasmus von Rotterdam

»Gute Bücher müssen bewahrt werden!« – So lautete
das Credo des mörderischen Don Vincente, mit dem er
seine schrecklichen Taten rechtfertigen wollte. Ein selbst-
loses Motiv, dem derjenige nicht widersprechen mag,
der selbst von einer tiefen Zuneigung für Druckerzeug-
nisse aller Art ergriffen ist. Wenn aber aus Liebe Besessenheit wird, geht es nicht mehr darum, etwas zu bewahren,
sondern vielmehr um das unwiderstehliche Bedürfnis,
etwas zu besitzen – um jeden Preis! Dies beweist ein rät-
selhafter Fall, der bis heute Kriminalisten, Historiker
und Büchernarren gleichermaßen beschäftigt.

Am Morgen des 28. Januar 1812 fand eine Hausmagd
den alten Leipziger Kaufmann Friedrich Wilhelm
Schmidt bewusstlos und blutüberströmt in seiner Wohnung in der Grimmaischen Gasse, gegenüber dem Nasch-
markt. Als er wieder zu sich kam, berichtete er von einer
geschäftlichen Verabredung mit einem Fremden aus
Hamburg, der Wertpapiere bei ihm erwerben wollte. Er
habe dem Mann einige Obligationen der Stadt Leipzig
gezeigt und könne sich nur noch erinnern, eine Prise
Schnupftabak von ihm angenommen zu haben. Dann

habe ihn ein schwerer Gegenstand am Kopf getroffen und die Welt in Dunkelheit getaucht.

Die polizeiliche Untersuchung ergab, dass sich der Unbekannte mit Obligationen im Wert von 3000 Talern aus dem Staub gemacht und diese noch am selben Tag in einem nahen Bankhaus in der Katharinenstraße gegen Bargeld eingewechselt hatte. Der Bankangestellte konnte eine brauchbare Beschreibung des mutmaßlichen Täters liefern: ein etwa vierzig Jahre alter Mann mittlerer Größe, mit glattem schwarzem Haar, großer Nase, in der schlichten Tracht eines Landpfarrers. Er habe ungefähr eine halbe Stunde seelenruhig in der Bank gewartet und sich noch eine Quittung über den erhaltenen Betrag ausstellen lassen. Das Opfer, das durch die heftigen Schläge auf den Kopf schwer verletzt worden war, lebte noch einige Wochen und starb am 6. April 1812. Aus dem dreisten Raubüberfall wurde Mord, doch vom Mörder fehlte jede Spur. Die Polizei legte den unlösbaren Fall zu den Akten.

Ein Jahr darauf, am 8. Februar 1813, kam es in Leipzig abermals zu einer Bluttat. Das Verbrechen ähnelte dem Überfall auf den alten Kaufmann verdächtig, was anfangs allerdings niemandem auffiel. Ein Fremder hatte bei der 75-jährigen Witwe Christiane Kunhardt vorgesprochen und ihr einen Brief mit der Bitte überbracht, ihm 1000 Taler zu leihen. Während sie nachdenklich und zweifelnd die Zeilen überflog, zog der Mann plötzlich etwas aus seiner Manteltasche und schlug ihr damit auf den Schädel. Schwer verletzt, konnte die Witwe noch eine knappe Aussage machen. Wenige Tage später war auch sie tot. Der unheimliche Besucher hatte in ihrer Wohnung kein Geld gefunden und war vermutlich durch irgendetwas aufgeschreckt und vertrieben worden. Im Treppenhaus war er an Henriette, dem jungen Dienstmädchen der Kunhardt, vorbeigeeilt. Das ahnungslose Mädchen hatte ihn freundlich gegrüßt, da sie ihn flüchtig aus der Herberge von Otto Höpffner kannte, in der sie früher gearbeitet hatte.

Die Polizei folgte der Spur und befragte den Wirt. Bei ihm verkehrten die Gelehrten und Kirchenleute aus dem Umland, wenn sie nach Leipzig kamen, um geschäftliche Angelegenheiten zu regeln oder Bücher zu besorgen. Unter den Stammgästen war auch ein Pfarrer aus Poserna, der am Tag des Verbrechens angereist, aber offenbar nicht in der Stadt geblieben war.

Wenig später wurde Magister Johann Georg Tinius in Poserna verhaftet. Man fand bei ihm einen kleinen Hammer, den man gut in einer Manteltasche verstecken konnte und der genau zu den Kopfwunden der Witwe passte. Die Handschrift des Verdächtigen ähnelte jener des Bittbriefes, der bei dem Opfer gefunden worden war. Einige Zeugen sagten aus, sie hätten den Pfarrer schon am Tag vor dem Überfall in dem Haus der Witwe Kunhardt umherschleichen sehen. Magister Tinius leugnete alles, doch seine Erklärungsversuche brachten ihn nur in immer größere Schwierigkeiten. Er bemühte sich um Zeugen, die seine Unschuld beweisen sollten, und gab ihnen schriftlich Anweisung, wie ihre Aussagen lauten müssten. In einem dieser Briefe stellte er einen Bezug zu dem Überfall auf Friedrich Wilhelm Schmidt

her – einen Zusammenhang, den die Polizei bisher über-
sehen hatte.

Die Beamten fanden schnell heraus, dass Tinius auch
zum Zeitpunkt des ersten Verbrechens in Leipzig gewesen war und dass er sich ein paar Wochen später Bücher
im Wert von 300 Louisdor gekauft hatte, obwohl sein geringes Einkommen solche Extravaganzen kaum gestat-
tete. Tatsächlich hatte er sich schon früher gegen den
Vorwurf der Unterschlagung von Kirchengeldern ver-
teidigen müssen. Des Öfteren hatte er unter Geldsorgen
gelitten. Wie sich herausstellte, waren diese Sorgen nicht
zuletzt Folge einer überaus kostspieligen Leidenschaft:
Tinius war ein hemmungsloser und unersättlicher Bü-
cherwurm.

Der Sohn eines armen Schäfers aus der Niederlausitz
hatte schon als Knabe durch eifrige Bibellektüre auf sich
aufmerksam gemacht und mit Hilfe eines wohlmei-
nenden Pastors das Gymnasium in Wittenberg besucht.
Nach einem Studium der Theologie arbeitete er als Lehrer in Schleusingen, wechselte 1798 in eine Pfarre in Thü-
ringen und wurde 1809 nach Poserna, einer kleinen Gemeinde in der Nähe von Leipzig, berufen. Dort führte
er ein unauffälliges Leben, heiratete nach dem Tod seiner ersten Frau ein zweites Mal, hatte vier Kinder und
war allseits als gebildeter, fleißiger und umgänglicher
Seelsorger geschätzt. Sein biederer Lebenswandel passte
nicht zum Bild eines skrupellosen Raubmörders, der
zwei alte Leute aus Geldgier erschlagen hatte – auch
dann nicht, wenn man seine große Passion, das Sammeln von Büchern, berücksichtigte.

Tinius liebte Bücher. Er las und studierte sie sorgfältig und nutzte sie als Quelle für seine eigenen gelehrten Abhandlungen. Wie viele wohlfeile Druckwerke der Magister bis zum Jahr seiner Verhaftung angehäuft hatte, ist nicht genau überliefert. Es dürften zwischen dreißig- und sechzigtausend Bände gewesen sein. Er fuhr häufig nach Leipzig, um seine Bibliothek zu ergänzen, kaufte nicht nur einzelne Exemplare, sondern ganze Sammlungen und Nachlässe und betrieb einen schwunghaften Handel mit den Duplikaten. Selten konnte er einer bibliophilen Versuchung widerstehen, und so konnte es durchaus geschehen, dass er bei einer Auktion weit über die geringen finanziellen Mittel, die ihm zur Verfügung standen, hinausging und im großen Stil Schulden machte. Aber taugte dies als Tatmotiv?

Die Indizien und Zeugenaussagen reichten zumindest für eine Amtsenthebung und eine Anklage wegen zweifachen Mordes. Der Prozess wurde jedoch bald zur Farce und sollte sich über Jahre hinziehen. Die Aussagen erwiesen sich als ungenau und widersprüchlich, es gab Manipulationen und absurde Gerüchte, und schließlich entstand durch die Teilung Sachsens im Jahr 1815, mit der Poserna plötzlich unter preußischer Herrschaft stand, ein heilloses bürokratisches Durcheinander von Zuständigkeiten, Verantwortlichkeiten und unübersichtlichen politischen Interessen. Magister Tinius, der zehn Jahre auf sein Urteil wartete, wurde in dieser Zeit mehr und mehr als Schreckensgestalt hingestellt. Immer neue Verbrechen dichtete man ihm an. Bald kursierten Geschichten über einen maskierten Räuber, der Postkutschen überfiel, der Herren mit vergiftetem Schnupftabak betäubte und Damen mit narkotisch parfümierten Blumensträußen nicht nur die Sinne raubte, sondern auch den Schmuck und das Bargeld. Und all diese Verbrechen hatten nur den Zweck, mehr und mehr Geld für neue Bücher herbeizuschaffen!

1823 wurde Magister Tinius wegen Mord an Christiane Kunhardt zu zwölf Jahren Zuchthaus verurteilt. Der Überfall auf Friedrich Wilhelm Schmidt konnte ihm nicht zweifelsfrei angelastet werden. Die Untersuchungshaft wurde ihm nicht angerechnet, so dass er insgesamt zweiundzwanzig Jahre hinter Gittern verbrachte. Im Gefängnis quälte ihn unablässig die Sorge um seine geliebte Büchersammlung, die bereits 1821 auf Anweisung des Gerichts in Leipzig versteigert worden war. In der Trostlosigkeit seiner schäbigen Zelle haderte er mit dem Schicksal, beharrte auf seiner Unschuld und widmete sich dem Schreiben theologischer Traktate. Es gab sogar Gerüchte, er habe aus dem Gedächtnis ein hebräisches Lexikon verfasst.

1835 wurde er aus der Haft entlassen. Die letzten Jahre seines Lebens verbrachte er einsam, ohne Freunde und Familie, die sich schon während des umständlichen und schier endlosen Prozesses von ihm distanziert hatten. Er lebte von einer kärglichen Rente und kleinen Veröffentlichungen, doch hoffte er noch im hohen Alter, seinen Ruf wiederherstellen zu können. Die Wahrheit sollte endlich ans Licht kommen, die Wahrheit über seine Unschuld, über die Ungerechtigkeit der Justiz und die Schlampigkeit der Beamten, die Wahrheit über das

Leben und den Tod, über alles und nichts. »Welche Wege der Prüfung ich gemacht habe, wird die in diesem Jahre noch erscheinende Geschichte meines Kriminalprozesses offenbaren. Seit sechs Jahren lebe ich hier in Zeitz kümmerlich von der Schriftstellerei, wobei die Buchhändler die Körner und ich die Spreu bekomme; denn die mir im hiesigen Landarmenhause angewiesene Verpflegung kann ich, ohne bald jenseits versorgt zu werden, nicht annehmen.«

Die Wahrheit sollte man nie erfahren. Die tapfer angekündigten Memoiren des unglücklichen Magisters blieben ein Fragment, das keine Antwort lieferte und lange vor den düsteren Ereignissen in Leipzig abbrach. Wer das Rätsel zu lösen versucht, kann sich durch Berge verstaubter Prozessakten wühlen oder die rund dreihundert Artikel und Abhandlungen, Theaterstücke und Romane lesen, die in den letzten zweihundert Jahren zu diesem Thema verfasst wurden. Doch Tinius wird, selbst wenn er wirklich unschuldig war, wohl auch weiterhin als finstere Gestalt in den Annalen des Bücherwahns verewigt bleiben. Man könnte seinen Fall auch als Beleg für eine These des Sozialphilosophen Herbert Spencer heranziehen: Wenn man eine gute Geschichte hat, will man von den historischen Fakten nichts wissen.

Von Jägern und Sammlern

> Der Stein der Weisen sieht dem Stein der
> Narren zum Verwechseln ähnlich.
>
> *Joachim Ringelnatz*

Die Bibliomanie ist, wie Benjamin Franklin einmal
treffend bemerkte, ein »sanfter Wahn«, der nicht unbedingt dazu geeignet ist, skrupellose Mörder wie Don
Vincente oder zwielichtige Figuren wie Magister Tinius
hervorzubringen. Zumeist erzeugt die leidenschaftliche
Gier nach Büchern nur skurrile Käuze und verschro-
bene Einsiedler. Dass aber auch die friedliche Form dieser Sucht tragisch enden kann, zeigt das Schicksal von
Homer und Langley Collyer.

Die Brüder bewohnten ein heruntergekommenes
Sandsteinhaus in der 5th Avenue in Harlem, New York.
Im März 1947 ging bei der Polizei ein anonymer Tele-
fonanruf ein. Die Beamten durchsuchten daraufhin das
Haus der Collyers, das mit riesigen Zeitungs-, Zeitschrif-
ten- und Bücherstapeln vollgestopft war. Außerdem gab
es dort siebzehn Klaviere, einige ausgebaute Automo-
toren und Teile eines Pferdeskeletts. Die Fenster waren
zugenagelt und hinter den Papierbergen verborgen, es
gab kein elektrisches Licht, kein Gas, und auch die Was-
seranschlüsse funktionierten nicht. Man fand Homer
tot in einem Sessel. In jungen Jahren hatte er als Anwalt

gearbeitet, doch seit er durch einen Unfall das Augen-
licht verloren hatte und gelähmt war, sah er sich völlig
auf die Hilfe seines Bruders angewiesen. Wo aber war
Langley, der sich all die Jahre so liebevoll um Homer ge-
kümmert hatte? Die Polizei suchte tagelang nach ihm.
Schließlich, drei Wochen später, entdeckte man ihn begraben unter Büchern und Zeitschriften. Offenbar waren einige der gewaltigen Büchertürme instabil geworden und auf ihn herabgestürzt, als er seinem Bruder
gerade das Essen bringen wollte. Bei der späteren Räu-
mung des Hauses mussten 150 Tonnen Papier entsorgt
werden. Langley Collyer hatte vierzig Jahre lang alle Arten von Drucksachen geraubt, gesammelt und zusam-
mengerafft, damit Homer an dem Tag, da er sein Augen-
licht zurückgewänne, auch genug zu lesen habe.

Die interessantesten Bücherwürmer sind aber sicher
jene, die einer exklusiven Leidenschaft frönen und unbeirrt einer ganz speziellen Sammlerpassion folgen. So
berichtet Holbrook Jackson von der Begegnung eines
Engländers mit einem deutschen Gelehrten in Athen,
der ohne die Epen Homers nicht leben konnte. Stets
hatte er ein Exemplar der »Ilias« oder der »Odyssee« in
der Tasche. Er kannte die klassischen Werke in- und auswendig, wusste über all ihre Übersetzungen und deren
Fehler und Vorzüge Bescheid, konnte die bedeutenden,
aber auch die abwegigsten Kommentare und Abhandlungen zitieren und war in jeder Hinsicht ein bemer-
kenswerter Experte. Wie stark seine Liebe zu Homers
Versen war, lässt sich andeutungsweise aus der Tatsache
erschließen, dass er sich den griechischen Originaltext

der »Odyssee« auf Gummi drucken ließ, um ihn auch gefahrlos in der Badewanne lesen zu können.

Zuweilen nehmen die Marotten der Bibliomanen auch erschreckende Züge an. So scheint es doch tatsächlich Büchernarren gegeben zu haben, die ihr Lieblingsbuch in die Haut der oder des verstorbenen Geliebten binden ließen. Ein schönes Büchlein kann mitunter gewiss auch eine erotische Anziehungskraft ausüben und verdient durchaus eine besondere Behandlung, aber so weit sollte man nun doch nicht gehen – nicht einmal so weit wie der Held aus Charles Nodiers Erzählung »Der Bibliomane«. Dieser betrachtet wehmütig die in gelbes Saffianleder gekleideten Füße junger Frauen und seufzt nicht angesichts ihrer naturgegebenen Anmut und Eleganz – nein, er jammert über die maßlose Verschwendung, aus solch schönem Leder Damenschuhe zu fertigen, anstatt Bücher zu binden! Der Weg von der Bibliomanie zum Fetischismus scheint recht kurz zu sein. Dies beweist die Beharrlichkeit und Besessenheit einzelner Sammler, und die Besessenheit scheint umso größer zu sein, je spezieller der Schwerpunkt der Sammelleidenschaft ist.

Sein Leben dem Erwerb seltener Kochbücher zu widmen ist aber vielleicht nur dann wirklich befriedigend, wenn man selbst etwas vom kulinarischen Handwerk versteht – wie der aus Ungarn stammende Meisterkoch und Restaurantbesitzer Louis Szathmary II. In den einunddreißig Zimmern der siebzehn Apartments seines Hauses in Chicago, in dem sich auch sein Lokal befand, stapelte er rund 200 000 Kochbücher und seltene Rezeptbände aus aller Welt, wie das Notizbuch von Katharina Schratt, der Geliebten des österreichischen Kaisers Franz Joseph. Die vielseitig talentierte Dame notierte darin all die köstlichen Geheimnisse der Wiener Küche – Topfenknödel mit Zwetschgenröster, Mohnnudeln, Apfelstrudel, Tafelspitz und ähnliche Gaumenfreuden.

Szathmary stammte aus einer bibliophilen Familie, deren Mitglieder seit 1790 als Kunden der größten und ältesten Antiquariate Budapests geführt wurden. Er studierte bis zum Ausbruch des Zweiten Weltkriegs Psychologie, wurde dann Soldat in der ungarischen Armee und verbrachte Jahre in deutschen und sowjetischen Gefangenenlagern. Nach dem Krieg verließ er Europa mit einem Dollar und zehn Cent in der Tasche und einem Koffer mit 14 Büchern – darunter einer Bibel, drei Büchern über Mozart und mehreren Bänden mit ungarischer Poesie. Getreu seiner Lebensphilosophie, nie zurückzublicken und nie dem Vergangenen nachzutrauern, begann er ein neues Leben in Amerika. Er schlug sich in verschiedenen Jobs durch und trug sein erstes Gehalt in eine New Yorker Buchhandlung, an der Ecke 42nd Street/Broadway, wo er sich für 19 Cent ein altes Kochbuch von Ludwig Bemelmans kaufte. Es war das erste Stück seiner Sammlung und die Grundlage seiner späteren Karriere.

Alexandre Dumas, der Autor der »Drei Musketiere«, wäre von Szathmarys kulinarischer Bibliothek sicher begeistert gewesen und hätte die Kenntnisse des ungarischen Kochs angemessen gewürdigt. Denn er war ein Feinschmecker, der seine Liebe zum Essen mit seiner

Liebe zur Poesie verglich und beide Neigungen als Gaben des Himmels bezeichnete. Die Soupers, die zu den Premieren seiner erfolgreichen Theaterstücke ausgerichtet wurden, trugen zu seinem Ruhm nicht unwesentlich bei, so dass es naheliegend scheint, sein »Wörterbuch der Kochkünste« als eigentlichen Höhepunkt seines vier- oder fünfhundert Bände umfassenden Gesamtwerks zu betrachten. Dieses Wörterbuch wurde 1869 von dem Pariser Verleger Alphonse Lemerre in Auftrag gegeben und beschäftigte Dumas in den letzten Monaten seines Lebens. Er zog sich mit seiner langjährigen Köchin in die Bretagne zurück, um es in Ruhe zu schreiben. Sein verwegener Plan war, die unzähligen Rezepte aufzuzeichnen, die er in der Welt gesammelt hatte, die geistreichsten Anekdoten über die Küchen der Völker zu erzählen und alles Wissenswerte über alle essbaren Pflanzen und Tiere zu Papier zu bringen: »So wird mein Buch durch das Wissen und den Geist, die es enthält, die Fachleute nicht allzu sehr erschrecken und es vielleicht verdienen, von ernsthaften Männern gelesen zu werden, ja sogar von anmutigen Frauen, die keine Angst davor haben, ihre Finger beim Umblättern dieser Seiten zu ermüden.«

Als der unersättliche Dumas in Deutschland Spezialitäten wie »Hase mit Konfitüre« und »Wildschweinschinken mit Kirschen« serviert bekam, sah er sich genötigt, seinem Abscheu Ausdruck zu verleihen. Der Kellner zeigte sich verwundert über die Abneigung des weitgereisten Gourmets, da dieser doch ein großer Dichter sei und Goethe Schwein mit Kirschen ganz außerordentlich geschätzt habe. »Nun, mein lieber Freund«, antwortete der Franzose, »ich schreibe Verse zum Privatverzehr, das ist richtig, aber das ist kein Grund, mich als einen großen Dichter zu bezeichnen und mir den Magen mit eurem Fraß zu verderben.«

Dumas starb an einem Schlaganfall, bevor er sein Wörterbuch vollenden konnte. Dennoch erschienen zwei Jahre nach seinem Tod zwei unterschiedliche Ausgaben unter den Titeln »Le grand dictionnaire de cuisine« und »Le petit dictionnaire de cuisine«. Es ist nicht sicher, wie viele der darin enthaltenen Anekdoten, Rezepte und Abhandlungen zu Themen wie »Appetit«, »Diner«, »Madeleine« und »Zwiebel« tatsächlich aus seiner Feder stammen. Man vermutet, dass der mit dem Autor befreundete Koch Denis-Joseph Vuillemont das Buch großzügig bearbeitet hat. Einem anderen Gerücht zufolge soll der junge Anatole France das Wörterbuch der Kochkünste mit Hilfe der fragmentarischen Aufzeichnungen von Alexandre Dumas fertiggestellt haben.

Für einen Koch mag es durchaus naheliegend sein, Kochbücher aufzuhäufen. Die eifrigste Sammlerin von Kinderbüchern, Ruth Baldwin, hatte hingegen keine Kinder, konnte nicht einmal Neffen und Nichten vorweisen und wollte mit diesen kleinen, schmutzigen und ungezogenen Ungeheuern auch nichts zu tun haben. Sie wuchs als eine von drei Töchtern des Literaturwissenschaftlers Thomas Baldwin in South Carolina und Illinois der 1920er und 1930er Jahre auf. Der strenge Vater verbot den Mädchen, Tanzveranstaltungen zu besu-

chen oder nach Einbruch der Dunkelheit das Haus
zu verlassen, und wenn ein Verehrer es einmal wagte,
schüchtern um ein harmloses Rendezvous zu bitten,
wurde er nicht gerade ermutigt. Obwohl Ruth ihr Studium der Bibliothekswissenschaften fernab von der be-
drückenden Atmosphäre ihres Elternhauses absolvierte,
konnte oder wollte sie sich den Ansprüchen ihres Vaters
nie entziehen. Vielleicht versuchte sie sogar, seine Er-
wartungen zu übertreffen. Sie blieb unverheiratet, erwarb mehrere akademische Titel und arbeitete schließlich als Professorin an verschiedenen amerikanischen
Universitäten. 1953 schickte Thomas Baldwin, der als Experte für die Literatur des 16. und 17. Jahrhunderts galt
und für Bücher aus dieser Zeit eine bibliophile Leidenschaft hegte, seiner Tochter ein Paket mit zwanzig englischen »Chapbooks« – alten, auf billigem Papier gedruckten Jugendbüchern aus dem 19. Jahrhundert. Er
legte einen Brief bei mit der gegenüber einer ledigen
Frau von 35 Jahren etwas abschätzig klingenden Empfehlung, Kinderbücher zu sammeln sei doch ein hüb-
sches Hobby für eine Dame.

Ruth Baldwin nahm ihren Vater beim Wort und begann mit dem systematischen Erwerb von Kinderbüchern des 19. und 20. Jahrhunderts. Der Zustand der
Bücher war ihr egal, sie schätzte es sogar, wenn ein kostbares und seltenes Exemplar kindliche Gebrauchsspuren aufwies und mit Schokoladenflecken, Marmela-
denklecksen, Kritzeleien und familiären Widmungen
versehen war. Auf Reisen suchte sie stets sämtliche er-
reichbare Antiquariate auf, begutachtete ihr Angebot

und kaufte zu einem Pauschalpreis die Regale leer. Ihren Urlaub verbrachte sie gern in London, um mehrere Wochen lang von einem Bookshop zum nächsten zu ziehen, in der steten Absicht, ihre Sammlung zu ergänzen. Als sie an der Louisiana State University in Baton Rouge emeritierte, wurde ein Kollege auf ihre eindrucksvolle Privatbibliothek aufmerksam. Sie bekam ein Angebot der Universität in Gainsville, Florida, die ihre Kinderbuchsammlung übernehmen und der Forschung zugänglich machen wollte. Ruth Baldwin wurde der Posten einer Kuratorin und die volle Kontrolle über die neue Bibliothek zugesichert. Sie stimmte zu und nutzte die Gelegenheit, um den Bestand auf rund 100 000 Bände aufzustocken. Ihre Aufsichtsfunktion nahm sie überaus ernst. Bis ins hohe Alter wachte sie mit Argusaugen darüber, wer in ihrer Bibliothek ein und aus ging. Als einmal eine junge Bibliotheksangestellte ihre kleine Tochter zur Arbeit mitnahm, durfte das Mädchen nicht eintreten und musste im Lesesaal auf die Mutter warten. Die weltweit größte Kinderbuchsammlung durfte nicht von Kindern genutzt werden!

Weitaus großzügiger zeigte sich der Hamburger Graphiker und Verleger Mirko Schädel. Nach Jahren des Sammelns und Katalogisierens seltener Kriminalromane ließ er seine Schätze und Kostbarkeiten nicht etwa in finsteren Archiven verstauben, sondern renovierte eigenhändig eine alte Scheune in Butjadingen an der Nordsee, um dort das erste und einzige Kriminalliteraturmuseum Deutschlands zu eröffnen. Hier präsentiert der Krimi-Experte seither zahlreiche Kleinode des frühen 20. Jahrhunderts; unbeschreiblich selten aufzufindende Buchreihen wie »Lukas Hull«, die »Parzenbücher« des Hamburger Alster-Verlags und die »Kriminalromane aller Nationen« von Moewig und Höffner, Dresden, wo um 1900 vergessene Romane wie »Romney Pringle – Sechs Gaunerstücke eines Weltmannes« von Clifford Ashdown oder »Im Labyrinth der Sünde« von Anna Katherine Green erschienen, deren knifflige und überaus erfolgreiche Detektivgeschichten Arthur Conan Doyles Sherlock-Holmes-Romanen vorausgingen. Weitere englische Klassiker wie Wilkie Collins, Joseph Sheridan Le Fanu, Mary Braddon und Ellen Wood haben bis heute nichts von ihrer Spannung und ihrem nostalgischen Reiz verloren. Wer das Museum besucht, bekommt zumindest eine Vorstellung davon, wie viele Bücher im Lauf der Zeit verlorengegangen wären, gäbe es Sammler wie Mirko Schädel, Ruth Baldwin und Louis Szathmary nicht. Und wer nicht zum Opfer seiner eigenen Leidenschaft werden will, wie Don Vincente und Charles Chadenat, kann hier lernen, sein Glück mit anderen zu teilen, die Türen zu den privaten Wunderkammern zu öffnen, um so das Interesse an Vergessenem und Verborgenem wachzuhalten. Vielleicht liegt gerade darin der geheime Grund und die wahre Zukunft der Bücherliebe.

Schutzgeister der Literatur

> Ein Buch, das leben soll, muss einen
> Schutzgeist haben.
>
> *Martial*

För Francesco Petrarca waren Bücher die besten Freunde, deren Gesellschaft ihm immer erfreulich erschien. Er las sie nicht nur, sondern sprach mit ihren Autoren wie mit alten Bekannten, selbst wenn sie seit Jahrhunderten tot und begraben waren. Manchmal schrieb er seine Kommentare an die Seitenränder, und er vertiefte den fruchtbaren Gedankenaustausch auch in seinen 13 ehrerbietigen Briefen an Autoren der Antike, die seine 24 Bücher umfassende Sammlung humanistischer Texte, »Familiarum rerum«, abschließen. Vergil, Homer, Cicero, Seneca und Augustinus waren für ihn lebendig, in ihren Gedanken fand er sein eigenes Wesen gespiegelt. Sie waren für ihn leuchtende Fixsterne am Himmel, »die uns den Weg aus den ruhelosen Fluten unserer Seele in den Hafen der Weisheit zeigen«. Wenn Petrarca von seinen Bücherfreunden getrennt wurde, hatte dies schreckliche Folgen für seine physische und psychische Konstitution. Philippe de Cabassoles, der Bischof von Cavaillon, hielt den übermäßigen Umgang mit Büchern für die Ursache des oft bedenklichen Gesundheitszustandes seines Freundes und überredete ihn, ein paar

Tage zur Erholung außerhalb seiner Studierstube zu ver-
bringen. Widerwillig stimmte Petrarca zu und übergab
die Schlüssel zu seiner Bibliothek. Der erste Tag ohne
Bücher schien endlos lang und trostlos. Am zweiten Tag
bekam er starke Kopfschmerzen, die ihn von morgens
bis abends peinigten, und am dritten Tag wurde er von
einem glühenden Fieber gepackt. Der Bischof konnte
dem Leiden nicht länger zusehen und gab die Schlüssel
zu dem Bücherzimmer seufzend zurück. Petrarca er-
holte sich rasch und stürzte sich in seine Arbeit, das Studium der lateinischen Klassiker.

In jungen Jahren, als Student in Bologna, hatte er
noch ein lockeres, ausschweifendes Leben geführt und
sorglos das Vermögen seines Vaters verprasst. Um sich
ein Auskommen zu sichern und seine privaten Studien
fortsetzen zu können, trat er in den Dienst der Kirche
und empfing schließlich die niederen Weihen. Drei
Jahre zuvor, am 6. April 1327, einem Karfreitag, soll er vor
der Kirche Sainte-Claire in Avignon eine junge Frau er-
blickt haben, die ihm zur lebenslangen Muse wurde und
der er in zahllosen Sonetten huldigte. Seine Gedichte an
die unerreichbar schöne Laura, die der Dichter ausschließlich in seiner Phantasie liebte, bildeten sein be-
rühmtestes Werk, das in der italienischen Volkssprache
verfasste »Canzoniere«. Diese besondere Art lyrischer
Schwärmerei wurde über die Jahrhunderte hinweg immer wieder imitiert – insbesondere im Deutschland des
späten 18. und frühen 19. Jahrhunderts galt das Fabrizie-
ren von petrarkischen Gedichten als schick, auch wenn
die jungen Poeten allzu oft »petrarkisch« mit »schwüls-

tig« verwechselten. Petrarca arbeitete an der zweiten Fassung seiner Gedichtsammlung, als ihn die Nachricht von Lauras Tod ereilte. Glaubt man dem Dichter, starb sie am 6. April 1348, genau einundzwanzig Jahre nach ihrer ersten Begegnung. Kurz vor seinem Tod am 18. Juli 1374 stellte er noch die letzte eigenhändige Abschrift des »Canzoniere« fertig. Das kostbare Manuskript befindet sich heute in der Vatikanbibliothek.

Doch wie sehr Petrarca auch jene geheimnisvolle »Donna Laura« verehrte – seine größte Liebe galt den Büchern, von denen er nie genug haben konnte. Bei der Lektüre stieß er immer wieder auf interessante Querverweise zu Werken, die irgendwann einmal existiert hatten und womöglich immer noch in einer verstaubten Klosterbibliothek auf ihn warteten. Nachdem er sämtliche Klöster, Schlösser und Burgruinen Italiens durchstöbert hatte, führten ihn seine Reisen nach Frankreich, Deutschland, Spanien, England und Griechenland. Seine Funde waren zahlreich und kostbar. Als er nach Flandern kam, entdeckte er in Liège eine verschollene Cicero-Handschrift, die Rede »Pro Archia poeta«. Ein anderes Mal, als er im Auftrag des Papstes Verona besuchte, stieß er wieder auf ein Manuskript, einen zerfledderten Codex mit Abschriften unbekannter Briefe Ciceros an Atticus, Quintus und Brutus, einen Band von immenser historischer Bedeutung. Vieles, darunter auch Texte von Plinius dem Älteren und Platon, wäre für immer verloren, wenn es der unermüdliche Bibliomane nicht ausgegraben und zum Teil eigenhändig kopiert hätte. Noch mehr wäre aus dem Gedächtnis der Menschheit verschwunden, wenn Petrarca seinen jüngeren Freund Giovanni Boccaccio nicht mit seiner Leidenschaft angesteckt hätte.

Boccaccio stammte aus einer bürgerlichen Kaufmannsfamilie und wuchs im lebenslustigen Neapel auf. Wie Petrarca sollte er Jura studieren, wie dieser stand auch ihm der Sinn eher nach erfreulicheren Beschäftigungen wie Liebe und Literatur. Er freundete sich mit Künstlern und Dichtern an und legte bald eigene Werke vor, die zunächst wenig erfolgreich waren. Sein umfangreicher »Filocolo« war der erste Prosaroman der italienischen Literatur und schildert die Abenteuer zweier Liebenden, die getrennt werden und zunächst zahllose Prüfungen bestehen müssen, ehe sie wieder zusammenfinden. Ein völlig vergessenes Werk ist »Ninfale d'Ameto«. In der Rahmengeschichte dieser bukolischen Dichtung beobachtet der Hirt Ameto eine Schar Nymphen beim Baden und verliebt sich in deren Anführerin Lia. Beim Venusfest treffen sich Hirten und Nymphen, und jede Nymphe erzählt die Geschichte ihrer Liebe, während Ameto mit jeder Erzählung lüsterner wird, bis ihn am Ende die Leidenschaft übermannt. Die Verbindung von Rahmenhandlung und einzelnen Geschichten verweist bereits auf Boccaccios Hauptwerk, die Novellensammlung »Decamerone«. Hier flieht eine Gesellschaft vornehmer Damen und Herren vor der Pest aufs Land und vertreibt sich die Zeit mit dem Erzählen von Geschichten, in denen es mal realistisch, mal märchenhaft, humorvoll, tragisch, lebensnah und gelegentlich auch ziemlich derb zugeht.

Dass wir uns noch heute an diesen munteren Novellen erfreuen können, ist keineswegs selbstverständlich, denn beinahe hätte Boccaccio das Schreiben aufgegeben, seine Manuskripte verbrannt und seine Bibliothek seinem Freund Petrarca geschenkt, um im Büßergewand ins Kloster zu gehen. Ein sterbender Mönch hatte ihm mahnend kundgetan, die Poesie sei ein ebenso gottloser wie sinnloser Zeitvertreib, eine schreckliche Sünde, die direkt ins Fegefeuer führe. Doch Petrarca tröstete ihn: »Ich kenne viele, die ohne literarische Bildung zu Heiligen wurden; ich kenne aber niemanden, der von der Heiligkeit ausgeschlossen wurde, weil er über Bildung verfügte.«

Der Autor des »Decamerone« verzichtete hinfort zwar auf das Verfassen frivoler und amüsanter Erzählungen, widmete sich jedoch weiterhin und mit noch größerem Eifer dem Studium der antiken Literatur und dem Aufspüren verschollener Klassiker. Durch seine Abschriften wurden die Verse des Satirikers Martial und Ovids »Ibis« gerettet, und ohne ihn wären zahlreiche Schriften des römischen Historikers Tacitus heute völlig unbekannt. Einiges rettete er nicht durch eifriges Kopieren, sondern ... nun ja, offenbar ließ er zuweilen ein seltenes Exemplar in seiner Tasche verschwinden. Zwar weiß man nichts Genaueres, doch lassen die Aufzeichnungen seines Schülers Benvenuto de Imola darauf schließen, dass er wichtige Werke entwendete. So sind Tacitus' »Annales« nur über Boccaccio erhalten geblieben, doch seine Kopie ist in der für das Kloster Montecassino typischen Schrift des II. Jahrhunderts geschrieben. Bedenkt man den jämmerlichen Zustand vieler

Klosterbibliotheken im 14. Jahrhundert, erscheint der offenkundige Diebstahl allerdings weniger verwerflich.

Als Boccaccio 1370 die Bibliothek von Montecassino, deren Bestand ihm von einem früheren Aufenthalt her vertraut war, aufsuchte, um erneut nach Raritäten zu forschen, brach er in Tränen aus. Gras wuchs auf den Fensterbänken, Staub sammelte sich in den Regalen, die Bücher waren in einem traurigen Zustand, ungeordnet und vernachlässigt. Die Mönche hatten aus den seltensten und kostbarsten Werken achtlos bündelweise Seiten herausgerissen, um sie Stück für Stück als Amulette an abergläubische Frauen zu verhökern. Angesichts dieser bodenlosen Ignoranz erscheint der Bücherdiebstahl nicht als Verbrechen oder Sünde, sondern als heilige Pflicht. Boccaccios Beispiel lehrt zumindest, dass das Entwenden von Büchern zuweilen ihre einzige Rettung ist.

Baron Corvo

Mit dem Schreiben ist es wie mit der
Prostitution: erst macht man es aus Liebe,
dann aus Freundschaft und schließlich
für Geld.

Molière

Das Sammeln von Büchern ist kein besonders auf-
regendes Steckenpferd. Natürlich gibt es, wie wir bereits
gesehen haben, einige aufsehenerregende Fälle – Spinner, Diebe, Wahnsinnige, Mörder –, doch im Allgemeinen erzeugt es weder großes Erstaunen noch ein
Übermaß an Bewunderung, wenn man sich öffentlich
zur Bibliophilie bekennt. Gibt es denn nichts, was man
tun kann, um dem etwas biederen Bild des Bücher-
sammlers zu entrinnen, ohne gleich auf das gefährliche
Terrain der Besessenheit zu geraten? Kann man der be-
tulichen Spießigkeit eines mit seltenen und kostbaren
Werken wohlbestückten Regals nicht etwas entgegen-
setzen, das zumindest in kultivierten Kreisen noch ein
klein wenig Aufsehen erregen könnte? Man kann. Natürlich kann man. Wenn man über die entsprechenden
Mittel verfügt und neben Büchern auch Autoren sam-
melt, ihnen Zuflucht bietet, ihren Lebensunterhalt
sichert, um die Entstehung eines bedeutenden literarischen Werks zu ermöglichen.

Es gab tatsächlich einige wichtige Mäzene, ohne deren selbstlose Liebe zur Literatur gewisse Bücher nicht

geschrieben worden wären. Die Engländerin Harriet Weaver, die einen der bedeutendsten Autoren des 20. Jahrhunderts viele Jahre lang bedingungslos unterstützte, ist – wie wir später noch sehen werden – hierfür ein liebenswürdiges Vorbild. Doch ist auch das Fördern oder »Sammeln« von Schriftstellern keineswegs ungefährlich. Man sollte genau prüfen, wen man sich ins Haus holt, und sich keine allzu großen Hoffnungen auf eine freundliche Widmung in einem vorzüglichen Büchlein machen, dessen Qualität alle kostspieligen Zuwendungen aufwiegt.

Frederick Rolfe, einem heute weitgehend vergessenen englischen Autor und Exzentriker des ausgehenden 19. Jahrhunderts, gelang es, fast sein ganzes Leben lang auf Kosten anderer zu leben. Eigentlich wollte er Priester werden, doch ein Mangel an »innerer Berufung« und eine unselige Beziehung zu alkoholischen Getränken und fleischlichen Gelüsten beendeten diese Karriere vorzeitig. Was er wirklich angestellt hatte, um den gnadenlosen Ausschluss aus einem römischen Priesterseminar zu provozieren, ist nicht überliefert, doch ging das Gerücht um, er habe in der Gemeinschaftsdusche der Seminaristen unzüchtige Lieder gesungen. Rolfe wollte nicht einsehen, dass er etwas Unrechtes getan hatte, musste das Urteil jedoch akzeptieren und seinem Leben einen neuen Sinn geben. Er besaß nicht viel mehr als eine Prise Charme, eine doppelte Portion Gerissenheit und ein nicht geringes Maß an Intelligenz. Unter Einsatz all dieser Talente schlug er sich in Rom einigermaßen durch, und schließlich gelang es ihm sogar, das Herz der Gräfin Sforza-Cesarini zu erobern, die ihn zumindest eine Zeitlang unterstützte, so dass er seinen ersten Roman »Hadrian the Seventh« 1904 vollenden konnte. Das Buch ist eine phantastische Autobiographie, eine Abrechnung mit der katholischen Kirche. Sein idealistischer Held wird aus ganz banalen Gründen aus dem Priesterseminar ausgeschlossen, dann aber aus Reue wieder aufgenommen und schließlich sogar zum Papst gewählt. In dieser Funktion verkauft er sämtliche Schätze des Vatikans und verteilt den Gewinn unter den Besitzlosen.

Dem Roman war kein durchschlagender Erfolg beschieden, doch konnte Rolfe sich in seiner Heimat Zugang zu den besseren Kreisen der Gesellschaft verschaffen, indem er vorgab, die Gräfin Sforza habe ihn adoptiert und ihm den Titel Baron Corvo vererbt. Eine Zeitlang kam er damit durch. Er hielt sich über Wasser, indem er seine vornehmen Bekanntschaften anpumpte, doch nachdem ein Zeitungsartikel ihn als Scheckbetrüger und Scharlatan bloßgestellt hatte, blieb ihm keine andere Wahl, als unterzutauchen. Einige Monate war er obdachlos und hielt sich öfter und länger als nötig in den öffentlichen Bedürfnisanstalten Londons auf. Dort schrieb er, nach eigenem Bekunden, ein kleines Buch mit italienischen Märchen und Heiligenlegenden auf Toilettenpapier. »Stories Toto Told Me« fand angeblich nur deshalb einen Verleger, weil ein Lektor von der eigenartigen Beschaffenheit des Manuskripts überrascht war. Der ersehnte Durchbruch beim Publikum blieb allerdings aus, und das Leben des Autors pendelte weiterhin zwischen Gosse und Arbeitshaus. Nirgendwo konnte er lange bleiben, niemand hielt es lange mit ihm aus.

Rolfes unstetes Wanderleben führte ihn 1907 nach Venedig. Es war ihm gelungen, den Oxforder Griechisch-Dozenten und Kunstkenner Richard Dawkins von seiner schriftstellerischen Begabung zu überzeugen und ausreichend Geld von ihm zu leihen, um die Reisespesen zu decken. Von einem der besten Hotels der Stadt aus verschickte er dann unverschämte Briefe mit immer neuen Geldforderungen an wichtige Persönlichkeiten, die er nur dem Namen nach kannte. Die Bettelbriefe wurden allesamt abschlägig beantwortet, doch der Hotelbesitzer war von den großen Namen, die er auf der Post seines Gastes fand, sichtlich beeindruckt. So zögerte er lange, den Baron an die frische Luft zu setzen, obwohl dieser seine Rechnungen offensichtlich nicht begleichen konnte.

Irgendwann musste Rolfe dann doch seine komfortable Unterkunft verlassen und irrte tagelang mittellos und mit knurrendem Magen durch Venedig. Über einen Bekannten lernte er den Arzt Dr. Ernest van Someren und dessen Frau Ivy kennen. Er beichtete ihnen, dass er keine Unterkunft habe und Hunger leide, und so nahmen ihn die gutmütigen van Somerens in dem Glauben auf, damit etwas Gutes für einen armen Künstler und ihren eigenen Ruf als weitsichtige Kunstförderer zu tun. Rolfe bekam ein kleines Zimmer in ihrem Palazzo, wo er sich endlich der Arbeit an einem neuen Roman widmen konnte.

Etliche Monate lebte Rolfe glücklich und zufrieden auf Kosten der van Somerens. Gelegentlich klagte er über die ungewöhnlich kargen Mahlzeiten, die im Haus seines Gastgebers, eines gesundheitsbewussten Ernährungswissenschaftlers, serviert wurden. Die strenge Diät hinderte ihn aber nicht daran, den gesamten Wintervorrat an selbstgemachter Marmelade aufzubrauchen. Man gab ihm sogar ein kleines Taschengeld, gerade genug, um damit Papier, Tinte, Briefmarken und Zigaretten kaufen zu können. Zudem durfte er an den eleganten Diners und Gesellschaften teilnehmen und lernte die gutbetuchten und angesehenen Mitglieder der englischen Kolonie Venedigs kennen. Zu Ivy hatte er eine besonders enge Beziehung. Er unterhielt sie oft bei einer Tasse Kaffee mit seinen abenteuerlichen Erlebnissen und faszinierte sie mit seinem unerschöpflichen Wissen über religiöse Riten und Bräuche. Stundenlang konnte er über die Bedeutung eines bestimmten Knopfes an einer Priestersoutane oder die Farbe eines Bischofsgewands plaudern.

Eines Tages bat ihn Ivy, einen Blick in sein Manuskript werfen zu dürfen, an dem er so überaus eifrig feilte. Er erlaubte es unter dem Vorbehalt, sie dürfe es nicht ihrem Mann zeigen. »The Desire and Pursuit of the Whole« entpuppte sich als Schlüsselroman, in dem so gut wie alle damals in Venedig residierenden Engländer einschließlich der van Somerens als Geizhälse, Einfaltspinsel und Heuchler verunglimpft wurden. Ivy war entsetzt und zeigte den Text, entgegen ihrem Versprechen, sofort ihrem Mann. Dr. Ernest van Someren reagierte prompt und ließ seinen undankbaren Gast vom Personal hinauswerfen.

Doch ein Lebenskünstler und begnadeter Schwindler wie Frederick Rolfe findet immer einen Gönner. Zwar hauste er in den folgenden Monaten öfter in offenen Booten und Besenkammern als in freundlichen Gästezimmern, doch starb er nicht in Armut und Einsamkeit. Gegen Ende seines Lebens wurde ihm eine kleine Erbschaft zuteil. Er konnte einen weiteren Roman schreiben, weitere Drohbriefe an die Reichen und Berühmten verschicken und weiterhin Jagd auf gutaussehende Gondolieri machen – bis ihn am 25. Oktober 1913 ein plötzlicher Herzstillstand dahinraffte, als er sich gerade die Schnürsenkel zuband.

Rolfes großzügige Förderer und Mäzene waren längst vergessen, als sein Biograph Alphonse James Albert Symons ihm zu Ehren die Corvine Society gründete, die 1929 das Andenken an den selbsternannten Baron und meisterhaften Schnorrer mit üppigen Diners und dekadenten Trinkgelagen feierte und nicht zuletzt dafür sorgte, dass seine seltenen, von Antiquaren als »Corviniana« bezeichneten Bücher, Briefe, Fotografien und Autographen zu begehrten Sammlerstücken wurden.

Die Kunst des Schnorrens

Ein Dichter muss einen Frack haben,
ohne Frack kein Dichter.

Peter Altenberg

Die Passion gutbetuchter Bibliomanen kann durchaus sinnvoll genutzt werden, wie das Leben Baron Corvos hinreichend beweist. Wer als Künstler oder Schriftsteller überleben will, muss früher oder später einen treuherzigen Mäzen finden und die hohe Kunst des Schnorrens erlernen. Die Meisterschaft in dieser Kunst ist dann erreicht, wenn die Spendengelder üppig fließen, ohne dass man lang darum bitten muss. Übertroffen wird dies nur noch von dem, der Zuwendungen erhält, ohne sie wirklich nötig zu haben. Peter Altenberg peinigte seinen Freund Karl Kraus einmal mit der Bitte: »Gib mir zehn Kreuzer ... gib mir zehn Kreuzer!« Kraus antwortete, er würde ihm das Geld ja gern geben, habe aber selber nichts. Darauf Altenberg: »Ich borg's dir!«

Es gibt viele solcher Anekdoten über den berühmten Wiener Exzentriker und Bohemien. Für ihn war es selbstverständlich, dass andere für ihn zahlten – er sorgte schließlich für die Unterhaltung und erteilte gute Ratschläge über gesunde Bekleidung (die unverzichtbaren »Reformsandalen«) und bekömmliche Diäten, die vor allem aus rohen Eiern und Milchprodukten bestanden

und mit deren Hilfe der Mensch mindestens 130 Jahre
alt werden könne. Dies alles gehörte zu seiner Philosophie, nach der der Lebensstil eines Künstlers unbedingt
Teil seiner Kunst sein sollte. »Es ist das Wesen des
Künstlers«, schrieb er 1895, vor dem Erscheinen seines
ersten Buches, »aus seiner Seele die Welt zu vermehren.«

Peter Altenberg wurde am 9. März 1859 als Richard
Engländer in Wien geboren. Seinen Namen änderte er
nicht, um an erster Stelle des Verlagsverzeichnisses zu
stehen, wie einige böse Zungen behaupteten, sondern
in Erinnerung an seine Liebe zu der dreizehnjährigen
Bertha Lecher, die von ihren Brüdern »Peter« gerufen
wurde und der er 1878 in dem Kurort Altenberg begegnet war. Als junger Mann hatte er sich in zahlreichen Berufen versucht, in Stuttgart eine Buchhändlerlehre begonnen, in Graz ein Jurastudium angefangen und in
Wien ein Medizinstudium abgebrochen, als er plötzlich
ein leidenschaftliches Interesse an der Physiologie der
Pflanzen entdeckte, das auch nicht lange anhielt. Er war
bereits Mitte zwanzig, als ein Arzt, den die besorgten Eltern konsultiert hatten, ihm bescheinigte, dass er wegen
einer »Überempfindlichkeit des Nervensystems« keinen
ordentlichen Beruf ergreifen könne. Eine Behandlung
durch Sigmund Freud zeigte keine Wirkung, also lebte
Peter Altenberg von nun an in Kaffeehäusern, Bierkel-
lern, Varietés und winzigen Hotelzimmern. Er lernte
einflussreiche Schriftsteller wie Hugo von Hofmannsthal, Arthur Schnitzler und Karl Kraus kennen, denen
er seine kleinen Prosatexte vorlegte. Vor allem Karl Kraus,
der Herausgeber und Autor der damals maßgeblichen

Kulturzeitschrift »Die Fackel«, war von Altenbergs impressionistischen Skizzen begeistert, die ganz alltägliche Beobachtungen wie Gespräche zwischen Dienstmädchen oder Zufallsbegegnungen auf der Straße festhielten. Inspiriert durch die Frage von Joris-Karl Huysmans, wie man einen Roman schreiben könnte, in dem hunderte Seiten auf ein oder zwei reduziert werden, schuf Altenberg eine neue Art Literatur, die er in seiner kleinen »Selbstbiographie« erläuterte: »Was man ›weise verschweigt‹ ist künstlerischer, als was man ›geschwätzig ausspricht‹. Nicht?! Ja, ich liebe das ›abgekürzte Verfahren‹, den *Telegramm-Stil der Seele! * Ich möchte einen Menschen *in einem Satze* schildern, ein Erlebnis der Seele *auf einer Seite*, eine Landschaft *in einem Worte! * Lege an, Künstler, ziele, triff ins Schwarze!«

Kraus sorgte erfolgreich für die Veröffentlichung von Altenbergs »Extracten des Lebens«, wie dieser seine von allem Überflüssigen befreiten Dichtungen nannte, und begründete dessen Ruf als bedeutender Autor des Jungen Wien. Neben seinen kleinen Büchern trugen allerdings seine auffällige Erscheinung, sein kauziger Humor und die geselligen Nachmittage im Café Griensteidl und im Café Central wesentlich dazu bei, dass er als »Kaffeehauspoet« geradezu legendär wurde. Zudem hatte er ein unbestreitbares Talent, ohne große Anstrengung die Mittel aufzutreiben, die er zum Leben benötigte. Als im Jahr 1905 die elterliche Unterstützung wegen des Bankrotts der väterlichen Handelsfirma versiegte, erschienen Spendenaufrufe in den Wiener Tageszeitungen. »Gebt dem Künstler Peter Altenberg, daß er genesen kann«, schrieb der von Mitleid ergriffene Alfred Kerr, »daß er dieses Dasein mit seinen Gärten, Wäldern und dem plätschernden Spiel der Schönheit noch einmal atmend und glücklicher durchschreite.« Auch Hugo von Hofmannsthal meinte sich um Altenberg kümmern zu müssen, nachdem dieser ihm gegenüber die Andeutung gemacht hatte, seine Freunde ließen ihn verhungern. Bald gehörte es zum guten Ton, das »Genie der Nichtigkeiten«, den leidenden und hungernden Forschungsreisenden im »Afrika des Alltags« finanziell zu unterstützen.

Die Spendenfreudigkeit seiner Freunde und Förderer ermöglichte es Peter Altenberg, ein kleines Zimmer im Wiener Grabenhotel in der Dorotheergasse zu beziehen. Seine Unterkunft beschrieb er in dem kleinen Text »Zimmereinrichtung«: »Mein einfenstriges Kabinett im fünften Stock des ›Grabenhotel‹ ist mein ›Nest‹, Halm für Halm zusammengesucht seit 20 Jahren. Die Wände ganz bedeckt mit Photos: Die Prinzessin Elisabeth Windisch-Grätz im 5. Lebensjahre. Dieselbe mit ihren vier Engels-Kindern. Franz Schubert und Hugo Wolf, Beethoven und Tolstoi, Richard Wagner und Goethe. Japanische Sumpfvögel, der Berg ›Fushji‹, ein großes Kruzifix aus der Bozener Holzbildnerschule, Gustav Klimts ›Schubert-Idylle‹, Schloß Orth im Winter, ›Grablegung‹ von Ciseri; Photos von: Bertha L., Klara P., Nâh-Baduh aus Accrâ, Paula Sch., Grete H., Kamilla G., Fräulein Mayen, Fräulein Mewes, und meine dreiunddreißig geliebten Ton-Vasen und vierundsechzig japanische Kleinkunst-Sachen, zusammengeschnorrt von ›Verehrerinnen‹. Kurz alles meinem Sein, meinem Geschmacke, meinen inneren ›Erlebnissen‹ entsprechend. Ein Nest! Wenn ich denke, wer dieses geliebte Kabinett einmal in Bausch und Bogen erben wird, da freut mich wirklich das ganze Sterben nicht!«

Als es ihm in späteren Jahren immer schlechter ging, er an Schlaflosigkeit, Depressionen und der Alkoholsucht litt, sammelten seine Freunde für Kuraufenthalte und Erholungsreisen. Angesichts solcher Hilfsaktionen erscheint sein Testament wie ein boshafter letzter Scherz: Peter Altenberg, der fast ausschließlich von freundlichen Zuwendungen gelebt hatte, hinterließ ein beträchtliches Vermögen von über 100 000 Kronen, das er der »Kinder Schutz- und Rettungsgesellschaft« vermachte. Jenen, die sich in der hohen Kunst des Schnorrens üben möchten, hinterließ er einen »idealen Pumpbrief« als Vorlage. Dieser endet mit den Worten: »… und zahlen Sie pünktlich und mit Freuden 25 Kronen pro Monat!«

Sankt Harriet – Die gute Fee des Ulysses

> Jemand hat von mir gesagt: »Man nennt
> ihn einen Dichter. Er scheint aber haupt-
> sächlich an Matratzen interessiert zu sein.«
>
> *James Joyce*

Die Geschichten über Baron Corvo und Peter Altenberg sollen Kunst- und Literaturliebhaber gewiss nicht
abschrecken und davon abbringen, ihr gutes Werk zu
verrichten. Ich wollte nur zeigen, wie oft sich eine bibliophile Neigung mit einer ungenauen und idealisie-
renden Vorstellung vom Leben und Charakter der
Schriftsteller und Künstler verbindet. Wie leicht diese
Neigung ausgenutzt werden kann, ist in Dostojewskis
kleinem liebenswertem Roman »Das Gut Stepantschikowo und seine Bewohner« nachzulesen. Im Mittel-
punkt turbulenter Hochzeitsvorbereitungen steht der
ebenso undurchsichtige wie durchtriebene Foma Fo-
mitsch Opiskin, der sich auf dem Landgut des Oberst
Rostanjow eingenistet hat. Foma, ein untalentierter
Schriftsteller und Möchtegernintellektueller, tyranni-
siert die Familie Rostanjows, doch der einfältige Oberst
verehrt ihn für seine Bildung, seine Schriftstellerei und
sein selbstbewusstes Auftreten und lässt sein Leben
von den meist absurden Ratschlägen des Gastes beherr-
schen. Er ist ein amüsantes Beispiel für einen arglosen
Bewunderer der Literatur, der viel zu spät erkennt, dass

er seine Großzügigkeit an einen Taugenichts verschwendet hat.

Wie berechtigt und wichtig der selbstlose Einsatz für einen Autor und ein Werk sein kann, belegt hingegen die Arbeit von Harriet Shaw Weaver, die von ihren Freunden wegen ihres unermüdlichen Engagements zuweilen »Sankt Harriet« genannt wurde. Sie war keine engstirnige Bibliomanin, sondern eine Frau, deren Liebe zu Büchern mit der Liebe zur Literatur so eng verknüpft war, dass sie keine Mühen und Kosten scheute, eines der wichtigsten literarischen Werke des 20. Jahrhunderts an die Öffentlichkeit zu bringen.

Harriet Weaver war eine zurückhaltende alleinstehende Engländerin. Sie stammte aus einer reichen und streng konservativen Familie, distanzierte sich jedoch schon in jungen Jahren von der Religiosität ihrer Eltern und begann sich für sozialistische und feministische Theorien zu interessieren. Anders als gewisse Leute, die gern Wasser predigen und Wein trinken, setzte sie ihre fortschrittlichen Ideen konsequent in die Tat um. Das Vermögen, das sie geerbt hatte, nutzte sie großzügig, um Bedürftigen zu helfen, literarische Projekte zu fördern und mittellosen Schriftstellern unter die Arme zu greifen. Gemeinsam mit ihrer Freundin Dora Marsden gründete sie 1913 die feministische Zeitschrift »The New Freewoman«, die später in »The Egoist« umgetauft wurde und avantgardistische Literatur, Lyrik und Kunst publizierte. Junge Dichter wie Ezra Pound und T. S. Eliot beeinflussten Stil und Inhalt des Magazins, und es war Pound, der Harriet Weaver früh auf die Arbeit eines damals noch weitgehend unbekannten irischen Autors aufmerksam machte. 1914 und 1915 erschien im »Egoist« ein vielversprechendes Debüt als Serie: »Portrait of the Artist as a Young Man«. Harriet Weaver setzte sich bei dem amerikanischen Verleger Ben W. Huebsch für den Text ein, der den Roman 1916 in New York veröffentlichte, und kümmerte sich selbst um die englische Ausgabe. Die Druckkosten beglich sie aus eigener Tasche, zahlte hohe Tantiemen an den Autor und schickte ihm zudem anonyme Geldgeschenke.

James Joyce, der mit seiner großen Familie in einer winzigen Wohnung in Triest lebte und an seinem nächsten Buch, dem »Ulysses«, arbeitete, schrieb Miss Weaver ellenlange jammervolle Briefe über seine schlechte Gesundheit, seine Geldprobleme, über die Kosten von Miete, Essen, Kleidung, mit detaillierten Preisangaben zu den neuen Hemden und Anzügen, die er dringend benötigte. Gleichzeitig grübelte er unablässig über die Identität jenes unbekannten Wohltäters, der ihm über ein Anwaltsbüro regelmäßig hilfreiche Spenden zukommen ließ. Ständig peinigte er seine Freunde und Bekannten mit der Frage, ob sie nicht wüssten, wer dieser geheimnisvolle Geldgeber sei. Im Sommer 1919 ersuchte er die Anwälte um nähere Informationen: »Es erübrigt sich zu sagen, daß ich mich oft gefragt habe, besonders in den letzten paar Wochen, wer mein Gönner oder meine Gönnerin sein könnte und welchem Umstand ich diese feinfühlige und schöne Gunst verdanke, welcher Qualität oder Tendenz meines Schreibens. Ich konnte die Antwort auf die erste Frage nicht finden, denn

obschon die Wahrscheinlichkeiten eher in eine bestimmte als in eine andere Richtung zeigen, sind sie
nicht unfehlbare Wegweiser in einer Angelegenheit,
die unwahrscheinlich wäre, wäre sie nicht Tatsache.«
Die Antwort der Kanzlei fiel beinahe ebenso kryptisch
aus: »Die Eigenschaften, die sie am meisten an Ihren
Schriften interessieren, sind, kurz gesagt, Ihr bohren-
der, suchender Geist, Ihre versehrende Wahrheit, die
aufrüttelnde Eindringlichkeit und Kraft Ihrer intensi-
ven Augenblicke der Imagination.« Um weitere pein-
liche Nachforschungen zu vermeiden, gab sich Harriet
Weaver schließlich zu erkennen. »Ich fürchte, Sie werden all Ihre Worte über Feinfühligkeit und Zurückhal-
tung zurücknehmen müssen«, schrieb sie ihrem Schütz-
ling. »Ich kann Sie nur bitten, meinen Mangel an beiden
Qualitäten zu verzeihen.«

Harriet Weaver verfolgte unerschütterlich ihren Plan,
James Joyce zu der Anerkennung zu verhelfen, die er
ihrer Meinung nach mehr verdiente als jeder andere
Schriftsteller seiner Zeit. 1919 begann sie mit der Veröffentlichung des »Ulysses« in ihrer Zeitschrift »The Egoist«, doch nach fünf Fortsetzungen häuften sich die
Schwierigkeiten: Sollte der Text von den englischen Behörden wegen Obszönität beanstandet werden, würden
die Drucker ebenso strafrechtlich zur Verantwortung gezogen werden wie der Verleger. Aus diesem Grund war
bald niemand mehr bereit, Miss Weavers Druckaufträge
anzunehmen. Außerdem erhielt sie immer öfter Briefe
von Abonnenten, die klagten, der »Ulysses« eigne sich
nicht für eine Zeitschrift, die zusammen mit unbe-

denklichem Lesestoff für die ganze Familie in den bürgerlichen Wohnzimmern auslege. Doch Sankt Harriet gab sich keineswegs geschlagen. Sie gab die Zeitschrift auf und verwandelte »The Egoist« quasi über Nacht in einen Verlag, der sich allein der Veröffentlichung des Werks von Joyce widmen sollte. Den Abdruck der weiteren Fortsetzungen sollte zunächst die amerikanische »Little Review« übernehmen.

Der neue Anlauf brachte neue Probleme. Die gesamte Auflage der »Little Review« wurde dreimal vom United States Post Office wegen der Verbreitung obszöner Schriften beschlagnahmt. Die nächste Ausgabe ließ die »New Yorker Gesellschaft zur Unterdrückung des Lasters« konfiszieren – der Fall endete vor Gericht. Die »New York Times« schrieb am nächsten Tag, das wichtigste Argument des stellvertretenden Staatsanwalts gegen den Roman sei gewesen, dass er »sich zu freizügig über weibliche Kleidungsstücke äußert«. Die Geldstrafe für die Verbreitung von derart verderblicher Pornographie fiel zwar relativ gering aus, doch das kleine Literaturmagazin war durch die wiederholten Indizierungen bereits rettungslos ruiniert.

Harriet Weaver kämpfte unverdrossen weiter, auch wenn die Lage immer wieder hoffnungslos schien. Nach dem Gerichtsurteil gegen die »Little Review« wollte kein amerikanischer Verlag den Roman anrühren. Er hätte in England erscheinen können, doch auch dort wollten die Drucker mit dem Buch nichts zu tun haben. Joyce, der mittlerweile nach Paris umgezogen war, klagte der Buchhändlerin Sylvia Beach sein Leid. Jahrelang hatte er am

»Ulysses« gearbeitet, kärglich von Privatunterricht und den Zuwendungen der Freunde gelebt, und nun sah es so aus, als würde sein Buch nie erscheinen. Sylvia Beach beriet sich mit ihrer Freundin Adrienne Monnier, die unter dem Namen ihrer Buchhandlung bereits Texte von Paul Claudel, Paul Valéry und die Zeitschrift »Les Cahiers des Amis des Livres« herausgebracht hatte. Schließlich bot sie Joyce an, »Ulysses« über ihren kleinen Buchladen Shakespeare & Company in der Rue de l'Odéon zu veröffentlichen. Der Schriftsteller war von der Idee begeistert und informierte sofort Harriet Weaver, die dem Plan freudig zustimmte und sofort einen Vertrag für die englische Ausgabe beilegte. Die Probleme mit den amerikanischen Sittenwächtern und den englischen Druckern konnten umgangen werden, indem man die Herstellung der amerikanischen und der englischen Ausgabe kurzerhand nach Paris verlegte. Was jedoch nach wie vor fehlte, war Kapital. Joyce war bettelarm und Sylvia Beach keineswegs reich. Oft musste sie die Kasse ihres Buchladens plündern, um ihrem Autor »Vorschüsse« zahlen zu können. Eine Zeitlang schien es, als würden alle zusammen bankrottgehen und als müsste der Plan, den bedeutenden Roman endlich zu veröffentlichen, endgültig begraben werden. Das Unternehmen stand am Rande des Zusammenbruchs, als Joyce freudestrahlend in Beachs Buchladen erschien und verkündete, Miss Weaver habe ihm eine Geldsumme geschickt, die ihm für den Rest seines Lebens ein Einkommen sichere. »Es war eine Summe«, erinnerte sich Sylvia Beach später, »von der ein anderer den Rest seiner Tage hätte leben können. Nicht aber Joyce. Es dauerte nicht lange, und er steckte wieder in Geldsorgen, und wieder kam Miss Weaver zu Hilfe. Aber wir hatten immerhin einen Augenblick lang eine Atempause.«

Die ersten Exemplare des »Ulysses« wurden rechtzeitig zu Joyces Geburtstag am 2. Februar 1922 fertig. Kurz darauf bot Harriet Weaver an, eine zweite Auflage von zweitausend Exemplaren auf ihre Kosten unter der Verlagssigle der Egoist Press zu drucken. Ein Teil der Auflage wurde mit dem Schiff nach Dover verfrachtet, wo die Bücher prompt beschlagnahmt und »in des Königs Kamin verheizt« wurden. Den Bänden, die nach Amerika gelangten, erging es nicht viel besser. Doch da das Buch nun einmal erschienen war und der Skandal, den einige Moralapostel daraus machten, für enormes Interesse sorgte, war seine weitere Verbreitung nicht mehr aufzuhalten. Shakespeare & Company verschickte den »Ulysses« bald in die ganze Welt – maskiert und verkleidet, mit falschen, unverdächtigen Umschlägen wie »Heitere Geschichten für kleine Leute«.

Harriet Weaver unterstützte James Joyce den Rest seines Lebens und darüber hinaus, denn sie bezahlte sogar sein Begräbnis. »Ihre Wohltätigkeit machte ihn nicht reich«, schrieb der Joyce-Biograph Richard Ellmann, »keine noch so große Geldmenge hätte das vermocht, aber sie machte es ihm möglich, nur durch entschlossene Verschwendungssucht arm zu sein.«

Bücherapotheken

Die Bibliophilie wird von Menschen, die keine Leidenschaft für Bücher empfinden, nicht selten für eine
Krankheit gehalten. Für jene, die unter dieser Krankheit
leiden, sind Bücher die Medizin, das beste Heilmittel
gegen alle erdenklichen Sorgen, Leiden und Gebrechen.

Ursprünge dieses Gedankens finden sich bereits in
der Antike, aber auch im 16. Jahrhundert übten derlei
Überlegungen einigen Einfluss aus; etwa auf ein Buch
des Lordkanzlers der Königin Elisabeth I. von England,
Francis Bacon. Dessen lehrreiche »Essays« behandeln
sämtliche Fragen des menschlichen Lebens. Der welt-
gewandte Autor schreibt knapp und pointiert über
Liebe und Tod, Glück und Unglück, Jugend und Alter,
er gibt nützliche Ratschläge und regt dennoch stets zum
selbständigen Denken an. Fragte man Bacon, wie man
lesen solle, würde er antworten: »Lies nicht mit Wider-
spruchsgeist und Besserwissen, aber auch nicht, um alles gläubig hinzunehmen noch um Unterhaltungs- und
Gesprächsstoff zu finden, sondern um zu prüfen und
nachzudenken.« Auf die Frage, was man lesen solle,
pflegte er ausweichend zu antworten, ohne einzelne

Titel zu nennen: »Geschichte macht weise, Poesie geist-
reich, Mathematik scharfsinnig, Naturwissenschaft
gründlich, Sittenlehre ernst, Logik und Rhetorik fähig
zu disputieren. Studien bilden den Charakter, sagt
Ovid. Ja, es gibt keine Unvollkommenheit des Geistes,
der nicht durch geeignete Studien abgeholfen werden
könnte, gleichwie körperliche Schwächen durch ange-
messene Leibesübungen behoben werden.«

Folgt man Bacons Worten, erscheint es ebenso sinnvoll, auch den Verstimmungen des Herzens, den Un-
tiefen der Seele und schließlich sogar den »körperlichen
Schwächen« mit der jeweils passenden Lektüre zu Leibe
zu rücken. Man kann Bücher lesen, um sich zu bilden,
um Langeweile, Schlaflosigkeit und Nervosität zu be-
kämpfen, aber warum sollte man sie nicht auch als Ap-
petitanreger, Abführmittel, Kopfschmerztablette und
Seelentröster nutzen? Es spricht einiges dafür, dass man
unter ihnen die passenden Helfer, Freunde und Begleiter für jede Lebenslage finden kann.

Edward Bulwer-Lytton, Verfasser zahlreicher viktorianischer Gesellschaftsromane, unter denen besonders
der fabelhafte »Kenelm Chillingly« hervorgehoben sei,
hatte vor rund 150 Jahren eine ähnliche Idee und meinte,
eine »Genesungsbibliothek« zusammenstellen zu können, deren Abteilungen nicht länger nach Kategorien
wie Poesie, Naturwissenschaften oder Juristerei geordnet
sein sollten, sondern nach geistigen Verstimmungen
und körperlichen Gebrechen – vom Stechen der Gicht
über einen Anfall von Schwermut bis zur leichten Er-
kältung. Unter diesen Sammelbegriffen sollten dann

jene Bücher eingeordnet werden, die sich als Heil- und Gegenmittel besonders gut eigneten. In der Bücherapotheke sollte man literarische Therapien gegen jede Art von Unpässlichkeit finden. Bulwer-Lytton riet bei Schnupfen zu leichter Lektüre. Biographien – insbesondere jene über anständige, ehrwürdige Persönlichkeiten – wirkten vorzüglich gegen seelischen Kummer, und Leser, die sich innerlich leer und nutzlos fühlten, sollten frommen Sinnes zur Bibel greifen. Habe man ein Vermögen verloren, könne man sich an geschmackvollen und belebenden Werken ergötzen, und da die besten Dichter eher das Hirn als das Herz beschäftigen, seien diese die wirksamste Medizin bei Gemütserkrankungen. Ein Hypochonder könne, so Bulwer-Lytton, durch die Lektüre klassischer Reiseberichte von seinen eingebildeten Krankheiten befreit werden, da sie ihn davon abhielten, in einer unveränderlichen und langweiligen Umgebung unablässig über die eigene Situation zu grübeln. Wahllose Lektüre, ohne vorherige wissenschaftliche Beratung, sei hingegen wirkungslos, ja sogar gefährlich. Bei Depressionen einen beliebigen Schmöker aus dem Regal zu nehmen, sei völlig sinnlos: »Man könnte ebenso gut Pest mit Rosenwasser behandeln.«

Doch sollte die Heilkraft von Lesestoffen keinesfalls überbewertet werden. Schon Plinius der Ältere bemerkte, es gäbe kein Leiden, das Bücher nicht lindern könnten, doch nur Scharlatane und Quacksalber würden sie als Medizin bezeichnen, die über jede Unbill zu triumphieren vermag. So muss Des Esseintes, der dekadente Held aus Joris-Karl Huysmans' Roman »Gegen den

Strich«, feststellen, dass Bücher mitunter eine höchst eigenwillige Wirkung haben, die man nicht von ihnen erwartet. »Um sich auf andere Gedanken zu bringen, versuchte er, besänftigende Bücher zu lesen; er vertiefte sich, um sein Gehirn abzukühlen, in die Nachtschattengewächse der Kunst und las die reizenden Bücher für Genesende und Gebrechliche, die tödlichere oder giftigere Werke ermüden würden: die Romane von Charles Dickens.« Der Dandy liest von keuschen Verliebten, tugendhaften und zugeknöpften Heldinnen, die sich damit begnügen, die Augen zu senken, zu erröten oder vor Glück zu weinen, und dabei fromm die Hände falten: »Diese übertriebene Reinheit führte ihn in die entgegengesetzte Richtung: die Ausschweifung. Er fiel von einem Extrem ins andere, er erinnerte sich an erregende Szenen, dachte an Liebesspiele von Mann und Weib, an Mischküsse und Taubenküsse, wie die Scham der Geistlichen jene Küsse bezeichnet, die zwischen die Lippen dringen.« Des Esseintes unterbricht die Lektüre, vergisst die Prüderie Englands, grübelt abermals über »lockere Sünden und aufstachelnde Künste, die die Kirche verbietet«, und wird von der Erregung und Nervenzerrüttung übermannt, die er mit Dickens zu überwinden versucht hatte.

Was lehrt uns das Schicksal von Huysmans' Helden? Vermutlich, dass die Literatur ihre eigenen, oftmals unbestimmbaren und unvorhersehbaren Wirkungsgesetze hat. Ein Gedicht von William Butler Yeats kann demnach, je nach Konstitution des liebeskranken Lesepatienten, aufmunternd oder tödlich wirken. Pessoas »Buch der Unruhe« kann einem Depressiven schweren Schaden zufügen oder ihn das Licht der Sonne wieder spüren lassen. Bevor man also Bücherrezepte ausstellt, muss man daran denken, dass jeder Leser anders ist und anders liest. So ist die folgende kleine Bücherapotheke mit Vorsicht zu genießen. Sie sagt mehr über die Vorlieben derjenigen aus, die uns den Rat erteilen, als darüber, wann wir welche Bücher lesen sollten.

Magenverstimmung:
Der britische Essayist William Hazlitt empfahl bei einem verdorbenen Magen den umfangreichen Entwicklungs- und Schelmenroman »Tom Jones« von Henry Fielding.

Zahnschmerzen:
Robert Louis Stevenson schrieb Arthur Conan Doyle, dessen »Abenteuer von Sherlock Holmes« hätten seine Zahnschmerzen gelindert. Das Buch habe sich auch bei Rippenfellentzündung als nützlich erwiesen.

Asthma:
Der englische Dichter Richard le Gallienne hielt die Werke von Victor Hugo und Tolstois »Krieg und Frieden« für ausgezeichnete Arzneien bei Lungenerkrankungen.

Grippe:
Edward Bulwer-Lyttons Viruserkrankung wurde angeblich durch die Lektüre der Autobiographie einer vielleicht zu Unrecht vergessenen »Mrs. Piozzi« geheilt.

Kopfschmerz:
Arnold Bennet bekannte einmal, dass ihm die Komödien, Parodien und Vaudeville-Stücke des Pariser Bühnenautors Eugène Labiche bei diesem unerquicklichen Leiden Linderung verschafft hätten.

Liebeskummer:
Eine altbewährte und vielfach erprobte Empfehlung ist Ovids »Remedia amoris – Heilmittel gegen die Liebe«. Alles andere ist noch wirkungsloser.

Bücher können freilich auch in vielen heiklen Lebenslagen praktische Hilfe leisten. Wie man sich auf einsamen Inseln durchschlägt, erfährt man bei Daniel Defoe und Jules Verne, wie man mit Vampiren umspringt, lehrt uns Bram Stoker, wie man seinen Chef um eine Gehaltserhöhung bittet, erzählt Georges Perec, wie man ein Kondom benutzt, schildert detailgetreu John Irving. Da soll noch einer behaupten, Literaten und ihre treuen Leser seien weltfremd! Aber vielleicht sollte man doch sicherheitshalber jedem Buch einen Zettel beilegen, der die Leser vor unerwünschten Nebenwirkungen warnt.

Henrietta Bowdlers Gespür für Anstand

> Es giebt nur eine Unanständigkeit des
> Nackten – das Nackte unanständig zu
> finden!
>
> *Peter Altenberg*

Henrietta Bowdler erinnerte sich oft an die glücklichen Stunden ihrer Kindheit, als ihr Vater seine alte zerfledderte Shakespeare-Ausgabe aus dem Regal zog, um im Kreis der Familie Szenen aus »Othello«, »Hamlet« und »König Lear« vorzutragen. Thomas Bowdler war ein ausgezeichneter Vorleser und ein vorzüglicher Kenner der klassischen Tragödien und Komödien, aber er war auch feinsinnig genug, um seinen Söhnen und Töchtern all jene Derbheiten zu ersparen, die im elisabethanischen England keineswegs ungewöhnlich gewesen waren, sich aber für die zarten Gemüter der Heranwachsenden nicht eigneten.

Als Henrietta alt genug war, Shakespeares Stücke unzensiert zu genießen, stellte sich eine gewisse Beklommenheit ein. Die junge Dame war keineswegs über die Verheimlichung der reizvollsten Textstellen durch den Vater enttäuscht, sondern eher unzufrieden darüber, dass der unvergleichliche Dramatiker sich in solche Niederungen des zotigen Humors, der primitiven Kraftausdrücke, Blasphemien und erotischen Anzüglichkeiten begeben hatte. Das war doch nicht *ihr* Shakespeare!

Gewiss, sie liebte seine Geschichten und bewunderte seine Dichtkunst über alles, doch sie konnte die ungeheuerliche Lasterhaftigkeit nicht dulden. Die Meisterwerke mussten von ihren unschicklichen Szenen und unanständigen Begriffen befreit werden. Shakespeare sollte ein neues, reines Antlitz bekommen.

Die tugendhafte Miss Bowdler hatte bereits einige Erfahrung als Autorin gesammelt, als sie sich ans Werk machte, den großen William Shakespeare zu verbessern. Sie hatte seit 1787 mit ihrem Bruder Thomas mehrere Bände mit Essays und Gedichten veröffentlicht und ein erfolgreiches Buch mit dem vielversprechenden Titel »Predigten über die Grundsätze und Pflichten der Christenheit« verfasst. Ihr »Familien-Shakespeare« in vier Bänden erschien 1807, doch wurde all die Mühe nicht belohnt. Eine Shakespeare-Ausgabe, die alles tilgte, was der »Sittlichkeit die Wangen röten« könnte, fand selbst bei den sittenstrengen Zeitgenossen keinen Anklang – vielleicht auch deshalb, weil im selben Jahr Charles und Mary Lamb ihre kurzweiligen und bald populären Nacherzählungen der Shakespeare-Dramen und Komödien herausbrachten. Es dauerte noch einige Jahre, bis sich Henriettas Bowdlers Vorstellung durchsetzte. 1815 erschien eine überarbeitete Ausgabe, die, nach dem Bekunden des Herausgebers, dem Originaltext nichts hinzufügte, sondern nur jene Worte und Begriffe strich, die nicht mit Anstand vor der Familie laut gelesen werden könnten. So wurde aus einer Liebesnacht in »Romeo und Julia« eine gesellige Nacht, und Ophelias Selbstmord in »Hamlet« wurde zu einem bedauerlichen

Missgeschick. Die züchtige und jugendfreie Shake-speare-Version verkaufte sich gut und erlebte etliche Neuauflagen. Als Herausgeber wurde freilich Henriettas Bruder Thomas genannt, da sich aus der Bearbeitung der Texte ein kniffliges moralisches Problem ergeben hatte: Henrietta Bowdlers intensive Beschäftigung mit den unflätigen und anstößigen Textpassagen hatte sie zwangsläufig zu einer Expertin auf einem Gebiet gemacht, mit dem sich eine Dame aus Anstandsgründen nicht näher befassen durfte. Sie wusste alles über die blasphemischen und obszönen Ausdrücke der Elisabethaner. Ihr Wissen durfte sie aber nicht preisgeben, da sie schlecht vor den Augen der kritischen Öffentlichkeit einräumen konnte, dass sie sich aus freien Stücken mit derart unschicklichen Themen befasst hatte.

Das Eigenartige an Bowdlers »Family Shakespeare« war allerdings nicht die Vorstellung, die unsterblichen Kunstwerke durch radikale Zensur »verbessern« zu können, sondern die Tatsache, dass all die Kürzungen den Inhalt der Stücke nicht verharmlosen konnten. Es ging nach wie vor um Mord, Machtgier, Ehebruch, Liebes-intrigen, Wahnsinn, und auch die Szene in »Titus Andronicus«, in der zwei kleine Kinder gebraten und als Pastete aufgetischt werden, blieb in der familiengerechten Überarbeitung erhalten. Man fragt sich unwillkürlich, warum die Kürzungen nicht viel konsequenter ausfielen und was von Shakespeares Werk übriggeblieben wäre, wenn alles, was mit Sex und Gewalt zu tun hat, gestrichen worden wäre. – Nichts!

Und auch dieses »Nichts« ist im elisabethanischen

Englisch ein obszöner Begriff, den man zensieren müsste. Denn »Thing« und »Nothing« sind Bezeichnungen für das männliche bzw. weibliche Geschlechtsteil. »Viel Lärm um Nichts« (»Much Ado About Nothing«) könnte man im Deutschen also auch wesentlich unverblümter übersetzen. Selbst der düstere und melancholische »Hamlet« ist nicht frei von solchen Anspielungen, die in der Übertragung von August Wilhelm Schlegel freilich beinahe harmlos klingen:

HAMLET. Fräulein, soll ich in Eurem Schoße liegen?
Setzt sich zu Opheliens Füßen.
OPHELIA. Nein, mein Prinz.
HAMLET. Ich meine, den Kopf auf Euren Schoß gelehnt.
OPHELIA. Ja, mein Prinz. ·
HAMLET. Denkt Ihr, ich hätte erbauliche Dinge im Sinne?
OPHELIA. Ich denke nichts.
HAMLET. Ein schöner Gedanke, zwischen den Beinen eines Mädchens zu liegen.
OPHELIA. Was ist, mein Prinz?
HAMLET. Nichts.

Letztlich handelt es sich bei Henrietta Bowdlers besonderer, wenn auch überaus prüder Beziehung zu William Shakespeare um einen eigenartigen, aber gar nicht so seltenen Ableger der Bibliomanie, den George Bernard Shaw treffend als »bardolatry« bezeichnet hat. Der Begriff, zusammengesetzt aus Barde (bard) und Anbetung (idolatry), meint die abgöttische Verehrung Shakespeares und seiner Werke, die zu Miss Bowdlers Lebzeiten, am Ende des 18. und zu Beginn des 19. Jahrhunderts, einen bizarren Höhepunkt erreichte. Man liebte Shakespeare so sehr, dass man alles, was nicht in das nationale Heiligenbild passte, einfach anderen Autoren und fremden Quellen zuordnete oder säuberlich ausradierte. Die absurde Vorstellung, man könne oder müsse die Werke des sprachgewaltigen Genies nachträglich korrigieren, um sie für kommende Generationen zu bewahren, hat Shakespeare nicht wirklich schaden können und die englische Sprache sogar um ein Wort bereichert. Henriettas Tugendhaftigkeit ließ quasi aus dem Nichts ein neues Verb entstehen: »to bowdlerize« bedeutet im Englischen die Kürzung eines Textes um anstößige Stellen.

Die Hölle der Bibliomanen

Nur Teufel sind ewig.

Guy de Maupassant

Es gibt Schlimmeres als Henrietta Bowdlers ebenso mühseliges wie fruchtloses Bestreben, alles aus William Shakespeares Werken zu entfernen, »was in einem frommen und tugendhaften Geist Anstoß erregen muss«. Man denke nur an jene Biblioklasten, die Bücher nicht nur symbolisch verstümmeln oder zensieren, sondern im wahrsten Sinne des Wortes zerstören. Oft handelt es sich bei den Tätern um Personen, denen man eine solche Barbarei nie zugetraut hätte.

So lehrte Professor Wilhelm Bruno Lindner an der Leipziger Universität Eigentumsrecht und Moral, frönte jedoch insgeheim dem unerklärlichen Laster der Buchverstümmelung. Mit Messer, Klebstoff und Radiergummi bewaffnet, machte er sich über die wertvollsten Bände der Universitätsbibliothek her und schnitt nach Belieben Pergamentblätter heraus, beschädigte Buchdeckel und entfernte unter anderem den ersten Buchstaben aus dem Johannes-Evangelium einer Gutenberg-Bibel.

1860 wurde der zerstörungswütige Moralist überführt. Sechshundert Diebstähle und Fälle von Vandalismus wurden ihm nachgewiesen. Ein Motiv für die Untaten konnte nicht gefunden werden.

Auch Edward FitzGerald, der Übersetzer zahlreicher arabischer und griechischer Klassiker, war kein ungebildeter oder unkultivierter Mann, doch riss er die Seiten, die ihm gefielen, aus seinen Lieblingsbüchern heraus und ließ diese neu binden, um aus den bedauernswerten Fragmenten eine ganz individuelle Bibliothek zusammenzustellen. Anatole France berichtet indes von einem Pariser Bibliomanen, der jene Stellen aus den Büchern gewaltsam entfernte, die ihm missfielen oder die ihm anstößig erschienen, und sogar der große Voltaire scheute sich nicht, alles aus seiner Bibliothek und seinen Büchern zu tilgen, was ihm überflüssig oder nutzlos vorkam. Auch Shakespeares Dramen, die er »monströse Farcen« nannte, fielen seinem Zorn zum Opfer.

Man kann diesen Vandalismus verurteilen, doch betrifft er glücklicherweise nur wenige Exemplare und stellt, anders als die Zensur, keine Bevormundung anderer Leser dar. Es handelt sich dabei auch nicht um eine mutwillige Zerstörung aus reiner Dummheit, wie die abscheuliche Unsitte, einmal gelesene Bücher wegzuwerfen, oder aus herzlosem Kalkül, wie die großangelegte Entsorgung von Druckwerken nach der deutschen Wiedervereinigung. Kurz nach dem Fall der Mauer wurde der ostdeutsche Buchmarkt vom Angebot westdeutscher Verlage überschwemmt, während die Bücher der DDR-Verlage aus den Regalen verschwanden. Vieles galt plötzlich als unverkäuflich und wirtschaftlich wertlos. Dass Bücher »makuliert«, das heißt aus dem Programm genommen, eingezogen und vernichtet werden, gehört traurigerweise zur Routine – aber Hunderttausende neuwertige Bücher auf den Müll zu werfen stellt einer Kulturnation kein gutes Zeugnis aus. Hinzu kam noch die Schließung von ungefähr 15 000 öffentlichen Bibliotheken und die Vernichtung ihrer Bestände, die – so wird vermutet – insgesamt bis zu 200 Millionen Bände umfassten. Vereinzelt gab es Versuche, sich dem Wahnsinn entgegenzustellen. Der Schauspieler Peter Sodann rettete rund 500 000 Bücher und brachte sie zeitweise in seinem Theater in Halle unter, und auch Pastor Martin Weskott, der ein Foto von den verrottenden Bücherbergen in der Zeitung gesehen hatte, beschloss, so viel wie möglich zu bewahren: Kochbücher, Handbücher für Ärzte und Chirurgen, juristische Fachliteratur, aber auch experimentelle Lyrik und Klassiker wie Tolstoi und Anna Seghers. Um ein Zeichen gegen eine Barbarei zu setzen, »bei der Schriftsteller, Lektoren, Setzer, Buchdrucker und andere erniedrigt und gedemütigt werden«, sammelte Weskott die verschmähten Bände in einem Lagerhaus, wo sie noch heute von Interessenten gegen eine Spende für die Hilfsorganisation »Brot für die Welt« erworben werden können. Das Bild von 400 000 Büchern auf einer Leipziger Müllhalde erscheint dem wahren Bibliophilen zweifellos jämmerlich, traurig und widersinnig, aber vielleicht bringt es den einen oder anderen dazu, über Fehler der Vergangenheit nachzudenken und sich für einen respektvollen Umgang mit Kulturgütern zu engagieren.

Zuweilen werden Bücher absichtlich zerstört, um den

Wert der verbleibenden Exemplare zu erhöhen – ein unter Sammlern keineswegs seltenes Phänomen, das im schlimmsten Fall dazu führt, dass ein Werk ganz und gar verschwindet. Holbrook Jackson erzählt in seiner »Anatomy of Bibliomania« von einem Captain Douglass, der in einer Londoner Buchhandlung mehrere hundert Exemplare des Buches »Points of Humour« mit den berühmten Karikaturen von George Cruikshank kaufte und alle bis auf drei Bände verbrannte. Allein die Vorstellung, dass jemand so weit gehen kann, ist beängstigend, doch handelt es sich auch bei solchen Zerstörungsakten lediglich um bedauerliche Einzelfälle. Die größten Feinde der Buchkultur sind vielmehr jene monomanischen Sammler, die sich auf Illustrationen oder Titelblätter spezialisiert haben und nicht davor zurückschrecken, die schönsten und kostbarsten Druckwerke auseinanderzureißen, um an das Objekt ihrer Begierde zu gelangen. Im Englischen gibt es für diese traurige Abart der Bibliomanie einen eigenen Begriff, »Grangeritis« – das zugehörige Verb heißt »grangerize«. Es geht vermutlich auf Reverend James Granger zurück, der Ende des 18. Jahrhunderts lebte und bei Antiquaren und Bibliothekaren für seine unstillbare Gier berüchtigt war. Er interessierte sich nur für Illustrationen – das Buch als Ganzes, auch wenn es sich um ein noch so prachtvolles und seltenes Exemplar handelte, besaß für ihn keinen Wert und wurde gnadenlos gerupft und geplündert.

Natürlich gab es auch vor Reverend Granger Grangeriten, und bedauerlicherweise war und ist die nach dem

englischen Pastor benannte Krankheit überall virulent.
Ein besonders abstoßendes Beispiel ist John Bagford,
der ein gewöhnlicher Schuster war, bevor er ein Antiquariat in Oxford eröffnete und allerlei wohlhabende
Bücherfreunde mit bibliophilen Schätzen versorgte.
Nebenbei frönte er seinem eigentlichen Hobby, dem
Sammeln von Titelblättern. Er wollte eines Tages eine
umfassende »Geschichte des Buchdrucks« schreiben, die
mit den schönsten Exponaten seiner Sammlung illus-
triert werden sollte. Natürlich hatte er bis zu seinem Tod
im Jahr 1816 nicht einmal die erste Seite seines Manu-
skriptheftes beschrieben, aber er war durch sämtliche
Bibliotheken, Buchhandlungen und Antiquariate Englands und Hollands gezogen und hatte rund 25 000 Bücher, darunter auch eine unersetzliche Gutenberg-Bibel,
grausam und sinnlos verstümmelt. Seine Sammlung
umfasste schließlich 42 Bände, gefüllt mit wundervollen
Titelblättern, die für alle außer Bagford vollkommen
nutzlos waren. Man sagt, er sei aus Kummer gestorben,
weil es ihm nicht möglich war, ein Titelblatt von William Caxton, dem ersten Drucker Englands, zu erbeu-
ten, nach dem er sein ganzes Leben gesucht hatte.

Gibt es eine gerechte Strafe für das Zerstören von Büchern? Genügt es, die Frevler lebenslänglich aus Bibliotheken und Buchhandlungen zu verbannen? Gibt es zumindest eine Methode, hemmungslose Büchernarren
zur Vernunft zu bringen? Charles Asselineau machte
sich zu dieser letzten Frage einige Gedanken und beschrieb sie 1860 in einer kleinen Erzählung, »Die Hölle
des Bibliomanen«. Es handelt sich um eine komische

Variante von Dantes Inferno, in der allerdings eher konventionelle Varianten der Bibliophilie gesühnt werden.

Der Held der Geschichte wird von einem Dämon entführt und zu den Trödlern an den Kais der Seine gebracht – in den ersten Kreis der Hölle. Hier muss er all die völlig wertlosen, verstaubten und langweiligen Ladenhüter aufkaufen, die der bibliophile Feinschmecker sonst nie im Leben angerührt hätte. Im zweiten Kreis der Hölle muss er den Ramsch, den er zu überhöhten Preisen erstanden hat, zum teuersten Buchbinder von Paris tragen. Das Binden des Plunders in kostbarstes Leder erweist sich als ruinöses Unternehmen und führt in den dritten Höllenkreis, zur Buchauktion. Unter dem Einfluss des Dämons verliert der arme Sünder nun auch den Rest seines Vermögens beim Ersteigern unbedeutender Werke, so dass er schließlich seine eigene wundervolle Sammlung zum Spottpreis verkaufen muss, um seine Schulden bezahlen zu können. Am Ende der Geschichte erwacht der Bibliomane und stellt erleichtert fest, dass alles nur ein böser Traum war.

Das phantastische Abenteuer sollte nur als kleine Mahnung für all jene dienen, die bedenklichen, aber letztlich doch harmlosen Leidenschaften anhängen. Die rücksichtslosen Grangeriten und Biblioklasten, die sich in ihrem Wahn an den schönsten Druckwerken vergreifen, sind jedoch in Dantes Fegefeuer besser aufgehoben. Dort sollen sie ohne Hoffnung auf Erlösung schmoren.

Aus allen Nähten

> Ich hätte nie gedacht, daß so viele
> Bücher in der Welt wären.
>
> *Friedrich Nicolai*

Manchmal denkt selbst der besessenste Bibliomane mit bitterer Miene daran, einige seiner weniger bedeutenden Schätze, vielleicht ein oder zwei nicht sonderlich gut erhaltene Dubletten wegzugeben, um Neuzugänge unterbringen zu können. Denn die Ordnung privater Bibliotheken wird in der Regel von einem stetig wachsenden Problem bedroht: dem Mangel an Platz. Arme Büchernarren, die karge Einzimmerwohnungen behausen, sind hoffnungslos verloren und müssen früher oder später unter der Brücke nächtigen. Doch selbst ein betuchter Sammler wie Antoine-Marie-Henri Boulard, Bürgermeister des 10. Pariser Arrondissements, stieß rasch an die Grenzen seiner Möglichkeiten. Nachdem er sich 1808 von seinem Amt zurückgezogen hatte, widmete er sich ausschließlich seiner einzigen, dafür aber umso maßloseren Passion, dem Bücherkauf. Täglich besuchte er die Trödler und Bouquinisten am Seine-Ufer und erwarb die dort feilgebotenen Bände nicht stück-, sondern gleich meterweise. Seine eher unspezifischen Einkäufe schleppte er in großen Taschen nach Hause. Als er seine Wohnung auf diese Weise angefüllt hatte, kündigte er den Mietern seines Hauses, um auch deren Räume für seine Sammlung nutzen zu können. Er besaß sechs Häuser, die er innerhalb von zwanzig Jahren auf diese Weise Zimmer für Zimmer, vom Keller bis zum Dachboden, mit Büchern vollstopfte. Auf rund 800 000 Bände schätzte man den Umfang seiner Bibliothek. Doch als Boulard im Sterben lag, konnte er sich nicht erinnern, wann, wie und warum er all die Bücher gekauft hatte. Als sein Besitz 1828 versteigert wurde, dauerte die Auktion 115 Tage und sorgte für einen beträchtlichen Preissturz bei den angesehenen Antiquariaten der Stadt.

Jacques-Simon Merlin, ein Zeitgenosse Boulards, war etwas bescheidener. Seine Privatbibliothek füllte lediglich zwei fünfstöckige Häuser, die er eigens zu diesem Zweck gekauft hatte. Der Buchhändler und Verleger hatte seine Bestände zu einem äußerst günstigen Preis von der französischen Regierung erworben. Während der Revolution hatte man den Besitz der Feinde der Republik, darunter ganze Bibliotheken, beschlagnahmt. Die Bücher der Aristokraten lagerte man bald in riesigen Depots in Paris, Lyon und Dijon, ohne genaue Vorstellung, was mit ihnen anzufangen sei. Man hatte wohl darauf gehofft, die bibliophilen Schätze der Adelsfamilien und auch der Klöster irgendwie zu Geld machen zu können, dabei allerdings nicht bedacht, dass die Interessenten und potentiellen Käufer eben jenen vornehmen und gebildeten Kreisen angehörten, deren Besitz man zuvor konfisziert hatte und die inzwischen auf Betreiben der Revolutionsregierung ermordet oder vertrieben worden oder schlicht zu arm waren, um an den

Rückkauf ihrer verlorenen Bibliotheken auch nur zu denken. Also gammelten die wertvollen Bände über Jahre und Jahrzehnte in den traurigen Lagerhallen ungelesen vor sich hin. Gelegentlich fanden Räumungsverkäufe statt, bei denen die Nachlässe gleich kiloweise feilgeboten wurden. Viele ausländische Antiquare nutzten die Gelegenheit und füllten wie Monsieur Merlin kostengünstig ihre Bestände. Der Rest wurde an die öffentlichen Bibliotheken verteilt, wo er zwar allen Bürgern zugänglich war, aber praktisch kaum benutzt wurde. Die wenigen, die sich für die Bücher interessierten, wurden durch ungewöhnliche Öffnungszeiten und eine strenge Kleiderordnung abgeschreckt. Merlins Großeinkauf mag unmäßig erscheinen, führte aber immerhin dazu, dass die kostbaren Stücke erneut in liebevolle Hände gelangten.

Nun war Merlin eher Geschäftsmann als Bibliomane. Graf Libri hingegen war Geschäftsmann, Bibliomane und Bücherdieb – und als Letzterer brachte er es zu einer besonderen Meisterschaft. Gugliemo Bruto Icilio Timoleone, Conte Libri-Carucci della Sommaia, der sich seiner Verwandtschaft mit Galileo Galilei rühmte, wurde am 2. Januar 1803 in Florenz geboren. Er stammte aus einer alten Adelsfamilie, studierte Jura und Mathematik und machte sich bereits in jungen Jahren als Naturwissenschaftler einen Namen. Mit zwanzig lehrte er als Professor in Pisa, binnen eines Jahres wurde er aber von Großherzog Leopold II. aus gesundheitlichen Gründen emeritiert, durfte jedoch weiterhin sein Gehalt beziehen. Diese großzügige Geste hielt ihn freilich nicht davon ab, sich 1830 an einem Putsch gegen seinen Gönner zu beteiligen. Das Scheitern seines politischen Engagements zwang ihn zur Flucht nach Frankreich. Er gelangte schließlich nach Paris, wo er schnell Karriere machte. Ab 1832 lehrte er Mathematik am College de France, wurde Ritter der Ehrenlegion und Herausgeber des »Journal des Savants«. Die Wissenschaft war sein Beruf, Bücher und alte Manuskripte aber waren seine Leidenschaft. Er handelte mit kostbaren Handschriften und behielt die schönsten und seltensten Exemplare für sich, was zwangsläufig dazu führte, dass sein Wohnraum immer knapper wurde. »Das Zimmer, in das wir geführt wurden«, schrieb ein englischer Besucher, »war nicht größer als etwa fünf Meter in der Breite, aber ringsum reichten die Regale mit Manuskripten bis hoch an die Decke. Die Fenster waren mit doppelten Vorhängen verhüllt, ein Kohlenfeuer brannte auf dem Rost, dessen Hitze sich mit dem Geruch des aufgehäuften Pergaments verband und so unerträglich war, dass ich förmlich nach Luft ringen musste.«

1841 erhielt Graf Libri den Auftrag, einen vollständigen Katalog der Handschriften in den öffentlichen Bibliotheken Frankreichs zu erstellen, und er machte sich nicht nur mit dem größten Eifer und Vergnügen ans Werk, sondern nutzte seine Tätigkeit schamlos aus, um auf Bücherjagd zu gehen und seine eigene üppige Sammlung zu ergänzen. Er zog von Stadt zu Stadt, katalogisierte penibel die Manuskripte, wobei ihm seine hervorragenden Kenntnisse vor allem dazu dienten, sich die erlesensten Stücke unter den Nagel zu reißen.

Zuweilen nahm er nur einzelne Blätter mit, die sich aufgrund des maroden Zustands der Einbände leicht entwenden ließen. Aber auch ganze Folianten, wie die heute als Ashburnham-Pentateuch bekannte Handschrift, waren vor dem gierigen Grafen nicht sicher. Oft tauschte er einfach wertvolle Stücke gegen wertlose Scharteken aus. Bald wurde sein schändliches Tun ein wenig zu auffällig, es gab Klagen und Verdächtigungen von kleinen Beamten und Bibliothekaren, die zu nichts führten, weil der Graf mächtige Freunde hatte, die von seinen Raubzügen profitierten – unter ihnen auch Premierminister François Guizot, der Ermittlungen der Staatsanwaltschaft zu unterbinden versuchte. Da Libri einfach keinen Platz mehr für weitere Bücherschätze hatte, begann er, seine Kostbarkeiten einzeln an reiche Sammler zu verscherbeln. 1847 entschloss er sich schließlich schweren Herzens, seine einzigartige Sammlung komplett zu verkaufen. Er verhandelte mit der Handschriftenabteilung des British Museum und der Bibliothek in Turin, doch schließlich erwarb Lord Ashburnham sechzehn Kisten für rund 8000 Pfund. Gleichzeitig ließ der Graf Teile seiner Bibliothek in Paris versteigern. Bei der Auktion wurde jedoch offenbar, woher die Bücher tatsächlich stammten. Viele trugen noch die nur unzureichend entfernten Stempel der öffentlichen Bibliotheken, die Libri geplündert hatte. Nach der Revolution von 1848 und der Ausrufung der Zweiten Republik gab es plötzlich keine hohen Regierungsbeamten mehr, die ihn vor der Strafverfolgung hätten schützen können. Graf Libri wurde angeklagt und zu zehn Jahren

Gefängnis verurteilt. Als das Urteil über den Dieb ge-
fällt wurde, war dieser jedoch längst mit seiner Frau und
achtzehn Kisten voller Bücher nach England geflohen.
Der Schriftsteller Prosper Mérimée glaubte trotz all dieser Enthüllungen felsenfest an die Unschuld seines
Freundes: »Für mich, der ich immer gesagt habe, dass
die Sammlerliebe Menschen zum Verbrechen verleitet,
ist Libri der ehrlichste aller Sammler, und ich kenne niemanden außer Libri, der ein Buch in die Bibliothek zu-
rücktragen würde, das andere gestohlen haben.«

Graf Libri starb am 28. September 1869 einsam, ver-
armt und ohne Bücher in Fiesole bei Florenz. Nachdem
er seine Sammlung an Lord Ashburnham verschachert
und dieser einzelne Raubstücke an die französischen Bibliotheken retourniert hatte, gab es niemanden mehr,
der sich für seine Rehabilitation einsetzen wollte.

Obwohl Libri oft als berühmtester Bibliomane genannt wird, steht diesem Ehrentitel seine Geldgier entgegen. Denn ein echter Büchernarr sollte, wenn überhaupt, nur aus einem einzigen Grund seine Schätze
veräußern – wegen des verflixten Platzmangels! Der
englische Erzdiakon Meadow sah sich aus ebendiesem
Grund gezwungen, einen Teil seiner geliebten Sammlung versteigern zu lassen. Bleich und verstört erschien
er zur Auktion, doch der Verlust war für ihn so schmerzlich, dass er kurz darauf die Flucht ergriff. Dann kehrte
er verkleidet zurück, um für seine eigenen Bücher zu bieten.

In seiner Leidenschaft wurde der Geistliche nur von
Richard Heber, einem Freund Sir Walter Scotts, über-

troffen. Wenn Heber ein Buch sah, musste er es besitzen. Er kaufte ständig, überall und bei jeder Gelegenheit – einmal erwarb er sogar 30 000 Bände auf einen
Schlag. Der Funke, der dieses Höllenfeuer der Sucht
entzündet hatte, war ein recht banales Erlebnis. Während des Studiums hatte Heber Bücher nur zum Zweck
der Fortbildung erstanden, bis er einmal zufällig über
»Valleyof Varietie«, ein seltenes Werk des Renaissance-
dichters Henry Peacham aus dem Jahr 1638, stolperte.
Ein Freund meinte, dies sei »ein ziemlich kurioses Werk«,
und von diesem Augenblick gab es kein Halten mehr.
Gegen Ende seines Lebens besaß Heber laut Thomas
Frognall Dibdin, einem frühen Chronisten der Bibliomanie, 147 000 Bücher – andere Quellen sprechen von
200 000 bis 300 000 Bänden –, die er auf acht Häuser in
England, Frankreich, Holland, Belgien und Deutschland verteilt hatte. Seiner Meinung nach sollte ein
Gentleman von jedem Buch drei Ausgaben besitzen –
eine zum Herzeigen, eine zum Lesen und eine zum Verleihen.

Dibdin, der den maßlosesten aller Bibliomanen unbedingt persönlich kennenlernen wollte, konnte erst
nach Hebers Tod dessen letzte Zuflucht in Pimlico betreten: »Ich sah mich staunend um. Nie zuvor hatte ich
Zimmer, Regale, Durchgänge und Korridore gesehen,
die derart mit Büchern vollgestopft waren und regel-
recht an ihnen erstickten. Es gab doppelte, dreifache
Reihen von Büchern. Hunderte dünner Quartbände
– mehrere übereinander – waren längs auf schmalen,
untersetzten Duodezimos gestapelt und erstreckten sich

von einem Ende des Regals zum anderen. Die Bücher-
stapel reichten bis zur Decke, und der Fußboden war
mit zahlreichen losen Bücherhaufen übersät. Als ich all
dies sah und mir dabei die anderen Häuser in Hodnet
und auf dem Festland vorstellte, konnte ich meine Ge-
fühle kaum in Worte fassen.« Zwischen all diesen Büchern, in demselben Zimmer, in dem er einst auf die
Welt kam, war Richard Heber glücklich gestorben.

Die unsichtbare Sammlung

Bücher haben manche ins Wissen,
manche in den Wahnsinn geführt.

Francesco Petrarca

Es gibt tausenderlei Arten, der Bücherliebe zu frönen. Und es spricht einiges dafür, die bibliophile Neigung auf das zu konzentrieren, was wirklich selten und kostbar ist. Denn dann braucht man nicht mehr als eine kleine Kammer oder einfach nur ausreichend Phantasie. Man kann schließlich auch Bücher sammeln, die nicht existieren, oder solche, die so wenige Seiten umfassen, dass man eine Vielzahl wundervoller Werke in der Jackentasche unterbringen könnte.

Eine imaginäre Bibliothek mit imaginären Büchern zu füllen ist zudem eine durchaus lohnende Aufgabe für jeden Bibliophilen, dem die Mittel für den Kauf realer Bücher fehlen, der nicht die Skrupellosigkeit eines Bücherdiebs besitzt und dem auch keine Häuser zur Verfügung stehen, die er vom Keller bis zur Dachstube mit seinen papierenen Freunden vollstopfen könnte. Doch muss die unsichtbare Sammlung, die nur im fiebrigen Hirn eines mittellosen Büchernarren existiert, nicht nur aus gestaltlosen Papiergespenstern bestehen, sie könnte sich auch auf jene Schriftsteller konzentrieren, die kaum Spuren in der Welt der Literatur hinterlassen und keine Anerkennung gefunden haben – all die namenlosen Poeten und unbekannten Schreiberlinge, die vergeblich gegen ihre Bedeutungslosigkeit ankämpften und in der unlesbaren Dunkelheit des Vergessens verschwanden.

Ein keinesfalls untalentierter Autor, der tapfer nach wahrer Größe strebte und dabei dennoch tatenlos blieb, war Branwell Brontë, einziger Sohn des verwitweten Landpfarrers Patrick Brontë aus Haworth. Während seine eifrigen Schwestern Emily, Anne und Charlotte inmitten der einsamen und wilden Moorlandschaft Yorkshires ihre weltberühmten Meisterwerke »Sturmhöhe« und »Jane Eyre« schufen und unter männlichem Pseudonym veröffentlichten, versuchte sich Branwell in der Rolle des verkannten Genies. Er belästigte die Verlagswelt mit teils hoffnungsvollen, teils verzweifelten, mal bescheidenen und mal unverschämten Schreiben, in denen er literarische Projekte ankündigte, die nie über grobe Entwürfe hinauskamen. Das wenige, was von ihm veröffentlicht wurde, erschien in einem schmalen Gedichtband, der von den Geschwistern gemeinsam verfasst worden war und von dem immerhin zwei Exemplare verkauft wurden. Postum wurden einige ebenfalls gemeinsam mit den Schwestern ersonnene Phantasien über die unwirklichen Königreiche von Angria und Gondal publiziert. Sein kurzes Leben in der englischen Provinz bestand aus einer Serie halbherziger Versuche, in der Wirklichkeit Fuß zu fassen. Seine Künstlerkarriere als Porträtmaler blieb erfolglos, seine Anstellung als Hauslehrer wurde nach kurzer Zeit ge-

kündigt, da er sich in die vollkommen überspannte Idee
verrannt hatte, die Dame des Hauses sei in ihn verliebt.
Immerhin hatte er eine gewisse Begabung darin, sich
einen schlechten Ruf zu verschaffen, indem er das Geld,
das er nicht besaß, beim Kartenspiel verlor und im
Wirtshaus versoff. Um bei namhaften Verlegern Neugier für seine ambitionierten Pläne zu wecken, fehlte es
ihm gewiss nicht an literarischem Talent, mitreißenden
Ideen und Arbeitseifer, sondern an einer viel wichtige-
ren Schriftstellertugend: Geduld. Nachdem er eine Zeitlang vergeblich auf eine Antwort des »Blackwood's Magazine« gewartet hatte, schrieb er einen fragwürdigen
und zwangsläufig erfolglosen Appell an das selten genug vorhandene Verlegergewissen: »Halten Sie Ihre
Zeitschrift für so vollkommen, dass eine Steigerung
ihrer Qualität weder möglich noch wünschenswert wäre?
Ist es Stolz, der Ihr Handeln diktiert – oder Gewohn-
heit – oder Voreingenommenheit? Seien Sie ein Mann,
Sir, und denken Sie nicht mehr an dergleichen Dinge.
Schreiben Sie mir, sagen Sie mir, dass Sie mich zu einem
Besuch empfangen.«

Branwells Briefe sind im Vergleich zu seinem nur wenige Seiten umfassenden Œuvre eine wirklich lohnende
Lektüre, gerade weil sie schmerzhaft demonstrieren, wie
man dem schriftstellerischen Erfolg hartnäckig aus dem
Weg geht, indem man Verleger und Lektoren auf un-
freundliche Art bedrängt und peinigt. Doch hatte dieser
lebenslange Außenseiter und Unglücksrabe auch helle
Momente, die zeigen, das irgendwo tief in seiner Seele
große Werke darauf warteten, geboren zu werden, so

dass sein geradezu zwangsläufiges Scheitern trotz aller Tragik und Vergeblichkeit bedeutsam wirkt. »Edle Dichtung, Kunstwerke, Musik oder Poesie«, schrieb er an einen Freund, »statt meine Phantasie zu beleben, verursachen sie einen Wirbelwind vernichtenden Leidens, der mit unaussprechlicher Gewalt durch meinen Sinn fährt, und wenn ich mich niedersetze und zu schreiben versuche, umstehen mich die Gedanken, die einst in Sonnenschein gekleidet waren, in trauerndem Schwarz … Früher dachte ich, wenn ich für eine Woche die freie Verfügung über das Britische Museum samt der Bibliothek hätte, würde ich mich wie sieben Tage im Paradies fühlen, aber jetzt würden meine Augen über die Elgin Marbles, durch die ägyptische Abteilung und über die kostbarsten Bücherschätze wandern wie die Augen eines toten Kabeljaus.«

Branwell starb im Alter von einunddreißig Jahren an chronischer Bronchitis und Nierenversagen – ein Schriftsteller, der nicht schreiben konnte. Wie sehr er sich mit der Rolle des gescheiterten Namenlosen identifizierte, zeigt sein einzig bekannt gebliebenes Werk, das Selbstporträt im Kreise seiner drei Schwestern: Die berühmten Dichterinnen sind auf dem Bild klar zu erkennen; das eigene Gesicht aber hat der Künstler nachträglich ausgewischt.

Für meine unsichtbare Büchersammlung bevorzuge ich allerdings nicht die tragischen Fälle wie Branwell Brontë, sondern vielmehr jene Autoren, die es gar nicht erst darauf anlegten, in die Ruhmeshallen der Literatur vorzudringen, sondern mit einem Kurzbesuch im Vorzimmer vollkommen zufrieden waren. William Butler Yeats erzählt von einem irischen Dichter, der seine Verse nicht drucken ließ, aber auswendig konnte und gelegentlich aufschrieb, um sie Freunden zu schenken. Die Poesie, die er Yeats vortrug, war von seinem kauzigen Charakter und seinen phantastischen Visionen durchdrungen. Manchmal schwärmte er von einem anderen Leben, das er in einem anderen Jahrhundert gelebt hatte, manchmal von Menschen, deren Verstand er für mystische Erfahrungen geöffnet hatte. Yeats wollte einen Artikel über den eigenartigen Zeitgenossen schreiben, doch dieser erlaubte es nur unter der Bedingung, dass sein Namen nicht erwähnt würde, denn er wünschte, für alle Zeit »unbekannt, obskur und unpersönlich« zu bleiben. Yeats erhielt später ein Bündel handgeschriebener Gedichte und als Beilage folgende Nachricht: »Hier sind die Abschriften der Gedichte, die Dir gefielen. Ich glaube nicht, dass ich je wieder malen oder schreiben könnte. Ich bereite mich auf eine Reihe anderer Tätigkeiten in einem anderen Leben vor. Meine Wurzeln und Zweige sollen erstarren. Ich bin noch nicht reif, um Blätter und Blüten sprießen zu lassen.« Ich würde an dieser Stelle allzu gern einige Verse des genügsamen Poeten zitieren, doch ist kein Wort von ihm überliefert, und sein Name blieb unbekannt.

Von Carl Adler kennen wir zumindest den Namen. Der Sohn des berühmten Wiener Sozialdemokraten Victor Adler war im Milieu der Künstler und Schriftsteller zu Hause. Ohne herausragende Talente, aber mit zahllosen großen Plänen und Träumen gerüstet, zog er zu Beginn des 20. Jahrhunderts durch die Kaffeehäuser, redete viel, schrieb wenig und veröffentlichte so gut wie nichts. Ein Freund beschrieb ihn als Inbegriff des gescheiterten Intellektuellen, »schlank, blond, von accentuiert nachlässiger Haltung, salopp, elegant, künstlerhaft leger, nervös, durchgeistigt und doch rührend jugendlich«. Sein Leben lang war Adler von finanziellen Zuwendungen abhängig, nahm das Geld der Eltern, Verwandten und schließlich von jedem, den er anpumpen konnte. Zuweilen platzte er förmlich vor Tatendrang und schien kurz davor, ein bedeutendes, ja revolutionäres Werk zu schaffen, dann wieder versank er in tiefe Depressionen, verkaufte seine geliebten Bücher, sein Gewand und lebte wochen- und monatelang auf der Straße. Seine größte Leidenschaft war vermutlich die Liebe zu der Schauspielerin und Dichtermuse Lina Loos. Es muss wohl nicht eigens erwähnt werden, dass sie niemals erwidert wurde. Immerhin dankte ihm Lina Loos, deren schriftstellerische Ambitionen ebenfalls im Sand verliefen, seine Zuneigung mit freundlicher Anteilnahme und konkreter Hilfe. Ohne sie wäre er aus der Welt verschwunden, ohne Spuren zu hinterlassen. Wie so viele Literaten ohne Literatur wurde ihm zumindest die fragwürdige Ehre zuteil, in ein oder zwei Fußnoten in den Biographien bedeutenderer Personen erwähnt zu werden. Sein schattenhaftes Dasein endete 1942 in einem Pariser Irrenhaus.

Warum bis heute niemand auf die Idee gekommen ist, die Werke vollkommen obskurer Schriftsteller wie Carl Adler, Branwell Brontë oder jener Unzahl namenloser Poeten zu sammeln, die längst der Vergessenheit anheimgefallen sind, ist unbegreiflich. Es müsste doch eigentlich zu den Instinkten jedes Bücherfreundes gehören, Vergessenes der Vergessenheit zu entreißen und all den Namenlosen ihre Namen zurückzugeben, um ihnen die Anerkennung zu schenken, die ihnen zu Lebzeiten verwehrt wurde. Doch wer sich auf diese Anregung einlässt, wird früher oder später auf das alte, unausweichliche Problem stoßen, das schon zu Beginn dieses Kapitels erwähnt wurde: das Platzproblem. Wahrscheinlich ist es ein Leichtes, ganze Häuser mit den Büchern unbekannter und vergessener Autoren zu füllen. Kaum hat man mit dem Sammeln begonnen, da muss man auch schon ein, zwei leerstehende Lagerhallen anmieten. Wirklich Platz sparen kann man wohl nur, wenn man es bei dem Gedankenspiel belässt und seine wild wuchernden Bibliotheken dort einrichtet, wo es keine Grenzen gibt: in der Phantasie.

Der Letzte der Atlanten

> Wer nicht Unerwartetes erwartet,
> wird das Unerwartete nicht finden.
>
> *Heraklit*

Forrest J. Ackerman war von frühester Kindheit an einer besonderen Leidenschaft verfallen. Dieser wirklich gründliche Sammler kaufte einfach alles, was irgendwie mit Science-Fiction, Fantasy und Horror zu tun hatte – Bücher, Magazine, Manuskripte, Gemälde, Briefmarken, Filme, Filmfotos und -kostüme. Im Oktober 1926, als er gerade neun Jahre alt war, begann er mit einem einzigen Magazin, »Amazing Stories«. Die Zeitschrift war nur wenige Monate zuvor von Hugo Gernsback als Ableger seines Wissenschaftsmagazins »Science and Invention« gegründet worden und führte den Begriff »Science-Fiction« in die Literaturgeschichte ein. Anfangs druckte man auf billigem Papier oder »Pulp« (daher die Bezeichnung »Pulp-Fiction«) Erzählungen von H. G. Wells, Edgar Allan Poe und Jules Verne – später wurden sowohl die literarischen als auch die populärwissenschaftlichen Ambitionen etwas zurückgeschraubt. Autoren wie Edmond Hamilton, Jack Williamson, Abraham Merrit und E. E. »Doc« Smith erzählten lieber von Abenteuern in vergessenen Welten und fernen Galaxien, von Begegnungen mit glubschäugigen Monstern und teuflischen Schurken, die das Leben einer leicht bekleideten Schönheit und das Schicksal der Erdenmenschen bedrohen – die Geschichten erschienen in mehrteiligen Serien, was den Reiz für jugendliche Sammler natürlich beträchtlich erhöhte.

Drei Jahre nach dem Kauf seines ersten Science-Fiction-Heftes machte sich Forrests Mutter große Sorgen. »Mir ist gerade klargeworden, wie viel von diesen Magazinen du schon hast«, sagte sie streng. »Nun, ich habe sie eben gezählt: Du hast siebenundzwanzig! Stell dir vor, wenn du erwachsen bist, sind es vielleicht schon hundert!«

Obwohl die Sammlung des Zwölfjährigen in einen Schuhkarton passte, konnte dieser bereits Erfolge auf anderem Gebiet verbuchen. »Science Wonder Stories« hatte einen Leserbrief von ihm gedruckt, und die Schilderung einer Reise zum Mars brachte ihm eine Auszeichnung des »San Francisco Chronicle« ein. Daraufhin gründete der junge Forrest Ackerman den »Boys Scientification Club«, der natürlich auch weiblichen Mitgliedern offenstand – doch waren Mädchen, die seine literarischen Vorlieben teilten, »seltener als Einhornshörner«, wie er später einräumte. Als Forrest Ackerman 1939 die erste Science-Fiction-World-Convention in New York besuchte, ein Zusammentreffen von Autoren und Lesern aus aller Welt, begleitete ihn allerdings seine Freundin Myrtle. Die beiden promenierten in selbstgebastelten Weltraumanzügen durch die Straßen – zur Freude der Kinder, die ihnen die Namen ihrer Comic-Helden nachriefen: Flash Gordon! Buck Rogers!

Jahrzehnte später, in den 1980ern, schickte der Bürgermeister von Los Angeles vier Bibliothekare in Ackermans Haus, um den Umfang der Sammlung zu prüfen, die zu einem staatlich geförderten Museum werden sollte – sie zählten vierzigtausend Bände. Inzwischen war der kleine Science-Fiction-Leser zum weltweit führenden Experten geworden. Er arbeitete als Agent für rund zweihundert Schriftsteller, darunter Ray Bradbury und Isaac Asimov, und gab nebenbei die Zeitschrift »Famous Monsters of Filmland« heraus, die neben Filmkritiken auch filmhistorische Artikel und seltene Fotos veröffentlichte. Da er in Hollywood lebte und mit zahlreichen Regisseuren befreundet war, bekam er gelegentlich kleine Gastrollen in Gruselfilmen – so ist er auch in Michael Jacksons Musikvideo »Thriller« und in dem unvergessenen Klassiker »Schlock – Das Bananenmonster« zu sehen. Das Geld, das er verdiente, steckte er zum Großteil in seine Sammlung, die bald aus allen Nähten platzte. »Ich habe ein Haus mit achtzehn Zimmern«, erzählte er während eines Berlin-Besuchs im Jahr 1990, »dazu drei Garagen, in denen ich theoretisch Autos parken könnte, aber sie sind voll mit Science-Fiction. Vorher hatte ich ein Haus mit dreizehn Zimmern, und zum Schluss hatte ich es einschließlich des Kühlschranks vollgestopft. Jetzt reichen auch die achtzehn Zimmer nicht mehr aus. Ich habe ein sehr großes Zimmer, als ich damals einzog, war es völlig leer, nur vier kahle Wände. Jetzt muss man geradezu den Atem anhalten und seitwärtsgehen, um zwischen all den Büchern, Magazinen und Gemälden hindurchzukommen.«

Das Haus voller Bücher wurde zum Stützpunkt der von Ackerman gegründeten »Fantasy Foundation«, die sich dem Erhalt aller Arten von Publikationen, Kuriositäten und Devotionalien aus dem grenzenlosen Reich der Science-Fiction und Fantasy widmete. Jeden Samstagvormittag führte er die Besucher durch seine Sammlung, zeigte stolz den Ring, den Bela Lugosi in »Dracula« trug, das Kostüm des Kiemenmenschen aus »Der Schrecken vom Amazonas«, das nach den Dreharbeiten zu diesem liebenswerten Monsterfilm auf dem Müll gelandet war, und den hässlichen Schädel des Mutanten aus »Metaluna IV antwortet nicht«. Natürlich präsentierte er auch die alten Pulp-Magazine, mit denen seine Sammlung ihren Anfang genommen hatte: 279 Ausgaben der zwischen 1923 und 1954 erschienenen Zeitschrift »Weird Tales«, in der Howard P. Lovecraft und Robert E. Howard ihre ersten Gruselgeschichten veröffentlichten, 111 Ausgaben der zwischen 1936 und 1955 erschienenen »Thrilling Wonder Stories«, die auch die erste Erzählung von Ray Bradbury enthielten, 500 Ausgaben der »Amazing Stories«, die unter verschiedenen Herausgebern bis zum Ende des 20. Jahrhunderts Science-Fiction- und Fantasygeschichten publizierten – und dies sind nur drei von Hunderten Magazinen und Buchreihen.

Ackerman hatte auch einen Bezug zur deutschsprachigen Phantastik. Seine Frau hatte rund hundertfünfzig Science-Fiction-Romane aus dem Deutschen und Französischen übersetzt, und er pflegte zahlreiche Kontakte zu Lesern, Sammlern und Autoren in Europa. Auch in Deutschland und Österreich gab es interessante Buchreihen und Magazine, die ihren Weg in Ackermans Museum fanden. Heute kennen freilich nur noch wenige solch kuriose Heftserien wie »Der Luftpirat und sein lenkbares Luftschiff«, »Jan Mayen, der Herr der Atomkraft«, »Die Erotik der Weltraumfahrt« oder »Sun Koh«, die zuweilen durch nicht ganz freiwillige Komik glänzen: »Riesige Schätze, Macht, Hass und Liebe sind die Einsätze, aber hinter ihnen dämmert als wahres Ziel ein versunkener Erdteil, die sagenumwobene Atlantis. Wird sie schimmernd aus den rollenden Wogen des Ozeans wieder aufsteigen und wird Sun Koh, der Letzte der Atlanten[!], der sieghafte Erbe von Atlantis sein?«

Im November 2008 geisterte die Meldung durchs Internet, Forrest Ackerman sei gestorben. Eine Flut von Beileidstelegrammen erreichte das Science-Fiction-Museum in Hollywood – und wurde von dem vermeintlich Toten mit großem Vergnügen gelesen. Er starb nur vier Wochen später an einem Herzinfarkt, doch den Rang als größter Experte für Science-Fiction und Fantasy wird ihm auch künftig niemand streitig machen, auch wenn all die Monsterkostüme, grellbunten Taschenbücher und futuristischen Pulp-Magazine letztlich nichts anderes beweisen, als dass nichts so vergänglich ist wie unsere Zukunftsvisionen und Phantasien.

Abrahams Zahnstocher

> Die Übersetzer sind die Postpferde
> der Bildung.
>
> *Alexander Puschkin*

Seien wir ehrlich: Es gibt nur zwei denkbare Gründe, der vollkommen unrentablen, strapaziösen und entbehrungsreichen Tätigkeit des Übersetzens nachzugehen – entweder man ist in allen anderen Berufen gescheitert, oder man ist mit Haut und Haaren einer besonderen Art von Bücherwahn verfallen. Es gibt schließlich Übersetzungen, die nur entstanden sind, weil sich jemand danach sehnte, ein bestimmtes Werk in seiner Muttersprache zu lesen und in einer ansprechenden, vielleicht sogar bibliophilen Ausgabe in Händen halten zu können, oder weil er mit den vorhandenen Übersetzungen unzufrieden war und sich den Text durch seine Spracharbeit ganz und gar aneignen und einverleiben wollte. Ein wirklich sonderbarer Fall dieser Leidenschaft ist Sir Richard Burton und seine sechzehnbändige Übersetzung der arabischen »Geschichten aus Tausendundeiner Nacht«.

Burton hatte sich bereits als Autor und abenteuerlustiger Forschungsreisender einen Namen gemacht. Als Muslim verkleidet, hatte er eine Pilgerfahrt nach Mekka und Medina unternommen und die Heiligen Stätten des Islam besucht. Gemeinsam mit seinem Freund John Hanning Speke hatte er nach den Quellen des Nils gesucht, nur um sich nach seiner Rückkehr nach England mit dem Gefährten über ihre tatsächliche geographische Lage zu streiten. Zwischendurch hatte er Abhandlungen zu allen möglichen Themen verfasst – von Falkenzucht über Bergbau bis hin zu indischen Bordellen – und vor der staunenden Öffentlichkeit die Rolle des verwegenen Abenteurers gespielt, der unerschrocken jeder tödlichen Gefahr ins Auge blickte. »Er hat die Kinnbacken eines Teufels und die Augenbrauen eines Gottes«, schwärmte der junge Algernon Swinburne über sein Idol, das sich nach 1870 allerdings auf einen ruhigen, aber auch schmerzlich langweiligen Konsulatsposten in Triest zurückzog. Vom trübsinnigen Beamtenleben lenkte sich Burton mit seiner Leidenschaft für orientalische Literatur und ausschweifende Erotika ab.

Im November 1881 erfuhr er, dass der Orientalist John Payne an einer Gesamtübersetzung der Erzählungen aus »Tausendundeiner Nacht« arbeitete – einem unendlich schwierigen Unternehmen, da es im Arabischen zahlreiche unterschiedliche Fassungen, Versionen und voneinander abweichende Manuskripte gab, die alle unter demselben Titel kursierten, ohne dass jemals eine »Urfassung« entdeckt worden wäre. Wie dem auch sei – Burton, der sich in Triest zu Tode langweilte, bot Payne seine Hilfe an, und Payne freute sich über das Angebot. Nachdem dessen Übersetzung zwischen 1882 und 1884 in neun Bänden unter dem Titel »Tales from the Arabic« erschienen war, fand Burton keine Ruhe. Er wollte seine

eigene – bessere, vollständigere – Interpretation der Ge-
schichtensammlung gedruckt sehen und begann mit
Paynes Billigung eine Neuübersetzung.

Burton bezog sich zunächst auf dieselbe arabische
Handschrift wie zuvor Payne und veröffentlichte seine
Übertragung 1885 in zehn Bänden. Dann fügte er der
Sammlung sechs Ergänzungsbände mit Geschichten
hinzu, die er in anderen Fassungen und Handschriften
gefunden hatte. Schließlich kam er noch auf die nicht
wirklich naheliegende Idee, einige Geschichten aus
dem Hindustani zu übertragen, die allerdings nicht aus
dem arabischen Original stammten, sondern aus einer
alten französischen Übersetzung der »Tausendundeinen
Nacht«, die sich etliche inhaltliche Freiheiten erlaubt
hatte und über Umwege nach Indien gelangt war. Doch
damit nicht genug – in den sechzehn Bänden von Burtons »A Plain and Literal Translation of the Arabian
Nights' Entertainments, Now Entituled the Book of the
Thousand Nights and One Night« tauchten außerdem
Geschichten auf, zu denen es offenbar in keiner anderen Sprache Vorlagen gab – »Wie Abu Hasan einen fah-
ren ließ« ist zum Beispiel eine alte europäische Anek-
dote, die orientalisch eingefärbt wurde.

Sir Richard Burton hatte eine großzügige Auffassung
von der übersetzerischen Freiheit, obwohl er selbst seine
Arbeit als klar und wortgetreu einschätzte. Ein »schwar-
zer Sklave« im arabischen Original etwa wird bei ihm zu
»einem großen, sabbernden, rabenschwarzen Neger mit
rollenden Augen, in denen man das Weiße sah, ein wirklich grässlicher Anblick«. Es galt, einen Text zu erstellen,

der sprachlich und inhaltlich so eng wie möglich am arabischen Original (oder eher »den Originalen«) liegen sollte. Das Ergebnis war jedoch ein monströses Werk voller eigenwilliger und absurder Sprach- und Wortschöpfungen, die so oft ans Unverständliche grenzten, dass ein italienischer Übersetzer einmal bemerkte, er habe öfter das arabische Original konsultieren müssen, um Burtons Englisch zu verstehen. Jorge Luis Borges würdigte hingegen dessen Leistung, indem er behauptete, eine genaue und neutrale Übersetzung würde keinen Beitrag zur Literatur leisten. Der Orientalist Robert Irwin wiederum, der sich mit sämtlichen Originalen und Übersetzungen von »Tausendundeiner Nacht« eingehend befasst hat, hält Burtons Prosa in ihren besten Passagen für prächtig und pompös, in ihren schlechtesten für schwülstig, undurchschaubar und obskur.

Eine weitere Eigentümlichkeit Burtons sind die unzähligen umfangreichen, umständlichen und oft abschweifenden, zuweilen sogar ins Autobiographische übergehenden Fußnoten, in denen er eloquent seine rassistischen Vorstellungen darlegt, seine Theorien zu sexuellen Vorlieben und Praktiken präsentiert, einen Humor pflegt, der sich öfter als nötig um das Furzen dreht, und persönliche Erlebnisse zum Besten gibt. Einmal schildert er ausführlich, wie er in Alexandria von einem Hund angefallen wurde, ein anderes Mal geht er Swedenborgs interessanter These nach, dass im Jenseits niemand mehr den Menschen auf den Hinterkopf schaue. Seine Anmerkung zum Begriff »Scheich« erklärt, dass nach der islamischen Lehre Abraham der erste

Mann war, der sich das Haar scheitelte und einen Zahnstocher benutzte.

Für Robert Irwin ist Burtons Übersetzung das Werk eines exzentrischen und verbitterten Außenseiters, »eines Mannes, der mit dem Foreign Office, dem Auswärtigen Amt und den Kolonialbehörden ebenso auf dem Kriegsfuß stand wie mit der anglikanischen Kirche und nahezu der gesamten literarischen und akademischen Welt«. War Burton also ein Held oder ein Spinner? Sicher ist, dass er die Literatur, die er übersetzte oder eher freisinnig bearbeitete, ebenso liebte wie die Jagd nach verschollenen und obskuren Manuskripten in alten Bibliotheken und auf den Bazaren des Orients. Gemeinsam mit seinem Freund Foster Fitzgerald Arbuthnot, einem unersättlichen Sammler klassischer Erotika, gründete er die Kama Shastra Society. Um die britische Zensur zu umgehen, die es auf alles abgesehen hatte, was als unzüchtig und obszön galt, wurde Benares als Adresse genannt. Die Gesellschaft veröffentlichte zunächst bibliophil ausgestattete Übersetzungen des »Ananga Ranga« und »Kama Sutra«, der berühmten Liebeslehrbücher Indiens, des »Duftenden Gartens«, eines arabischen Erotikons des Tunesiers en-Nafzawi, und schließlich die »Geschichten aus Tausendundeiner Nacht«. Wenn man auch daran zweifeln kann, ob Sir Richard Burton ein guter Übersetzer war, steht außer Frage, dass er mit der Leidenschaft eines wahrhaft Bibliophilen zu Werke ging. Zumindest hat er eine in der englischen Literatur einmalige Kuriosität geschaffen, die von vielen verachtet, gehasst und verspottet, aber von einigen Kennern liebevoll verteidigt wurde. »Der nahezu unerschöpfliche Prozess der englischen Literatur ist bei Burton gleichsam schattenhaft zugegen«, heißt es bei Jorge Luis Borges, »die schroffe Obszönität John Donnes, das gigantische Vokabular Shakespeares und Cyril Tourneurs, Swinburnes Hang zum Archaischen, die krasse Gelehrsamkeit der Traktatschreiber von 1600, die Energie und Unbestimmtheit, die Liebe zu den Stürmen und zur Magie.«

Der magische Schlüssel

In Büchern liegt die Seele aller vergangenen Zeiten.

Thomas Carlyle

Der Ursprung der Bücherliebe wurde nie erforscht oder ergründet. Wahrscheinlich ist dies auch vollkommen unmöglich. Doch jeder, der von der Bibliophilie oder Bibliomanie erfasst wird, kann vermutlich von einem Schlüsselerlebnis berichten, von einer bestimmten Lektüre, die in ihm den Wunsch nach mehr weckte, von einem Buch, das den Blick weitete und die Seele öffnete. Für Richard Heber war es ein obskures Werk Henry Peachams, für Forrest Ackerman war es eine Ausgabe des Pulp-Magazins »Amazing Stories«. Keine Frage: Bücher sind wichtig – aber nicht nur für Sammler. Sie können tief in unser Schicksal eingreifen. Ralph Waldo Emerson meinte sogar, dass Bücher in unserem Leben dieselbe Bedeutung wie Eltern, Geliebte und leidenschaftliche Erfahrungen gewinnen können. Manchmal führt eine Passion eben nicht zu Besessenheit und Gier, sondern zu Erweckung und Befreiung. Die Entdeckung des Lesens, der Literatur oder manchmal nur die eines einzigen Buches kann das Leben eines jungen Menschen schlagartig verändern und zuweilen einen Ausweg aus dem größten Elend weisen.

So beschreibt Jules Vallès im ersten Teil seiner Romantrilogie »Jacques Vingtras« seine von Armut und Demütigung geprägte Kindheit in der Auvergne zwischen den Revolutionen von 1830 und 1848. Aus kleinen, fast tagebuchartigen Skizzen entsteht ein bedrückendes Bild des von willkürlichen Strafen, kaltherziger Strenge und kleinbürgerlicher Bigotterie geprägten Alltags des Jungen Jacques, des Alter Ego des Autors. Der Vater, ein Lehrer, schwingt eifrig Rohrstock und Reitpeitsche, um seinen Schülern, vor allem aber den eigenen Kindern unbedingten Gehorsam und eine verstaubte Schulbuchbildung einzubläuen. Die Mutter, die die Liebe des kleinen Jacques nicht erwidern kann, versucht der Trostlosigkeit ihrer Ehe durch ebenso zahlreiche wie wahllose Affären zu entfliehen. Dennoch gibt es in dieser Kindheitshölle, die geradezu zwangsläufig in Gefängnis, Irrenanstalt und Rebellion führt, einige wenige glückliche Augenblicke.

Als Jacques eines Tages wegen eines nichtigen Vergehens zur Strafe in ein leeres Klassenzimmer gesperrt wird, findet er beim Stöbern eine alte Übersetzung des »Robinson Crusoe«. Er beginnt zu lesen und vergisst die Zeit. Wie der berühmte Schiffbrüchige ist auch er gestrandet – alleingelassen zwischen den leeren Schulbänken, stellt auch er sich bald die Frage, ob er Mäuse und Ratten fangen muss, um zu überleben. Worte, die vielleicht hundert Jahre zuvor geschrieben wurden, öffnen ihm neue, ungeahnte Türen: »Ach! Die verlassene Insel, die wilden Tiere, die endlosen Regenfälle, die Erdbeben, die Tierfelle, der Sonnenschirm, der Tritt des Wilden, alle Schiffbrüche, alle Stürme, Menschenfresser – aber keine Lektionen für heute Abend! Ich zitterte den ganzen Tag vor Kälte. Aber ich war nicht mehr allein; Robinson und Freitag waren meine Freunde. Von jetzt an gab es eine blaue Region in meiner Phantasie, eine Poesie der Träume in der Prosa meines verprügelten Kinderlebens, und mein Herz setzte Segel nach den Ländern, wo man leidet, wo man schuftet, aber frei ist.«

Defoes Held hat bei jungen Lesern seit jeher einen großen Eindruck hinterlassen. So erinnerte sich auch Edgar Allan Poe noch deutlich an eine seiner ersten Lektüren: »Wie liebevoll versetzen wir uns nicht in Gedanken in jene zaubrischen Tage unsrer Knabenzeit zurück, da wir zuerst lernten, überm Robinson Crusoe ernsthafte Augen zu machen – da wir zuerst spürten, wie der wilde Abenteuergeist in uns Feuer fing; da wir beim unsichren Flammenschein, Zeile für Zeile, die wundersame Bedeutung jener Seiten mühsam herausbuchstabierten; und, atemlos und zitternd vor Eifer darüberhin gebückt, so gänzlich in Anspruch genommen – ›gefesselt‹ waren. Ach ja!, die Tage der einsamen Inseln sind nicht mehr!«

Anders als Vallès und Poe hatte Frederick Douglass in seiner Kindheit nie die Möglichkeit, ein Buch wie »Robinson Crusoe« zu entdecken, und was das Wort »Freiheit« bedeutet, erfuhr er erst spät in seinem Leben. Er wurde wahrscheinlich 1818 (eine Geburtsurkunde oder ein vergleichbares Dokument existiert nicht) als Sklave in Maryland geboren und noch als Kleinkind von seiner Mutter fortgerissen. Der Brauch, Kinder von ihren Müttern zu trennen und die Mütter an so entlegene Pächter zu vermieten, dass eine Begegnung aufgrund der großen Entfernung nur äußerst selten möglich wurde, war damals ein fester Bestandteil der barbarischen Sklavenhaltung. Es entsprach genau dem Wesen der Sklaverei, das im Grunde darin bestand, Menschen immerzu zu erniedrigen und letztlich wie Vieh zu behandeln. »Es ist eine erfolgreiche Methode, um aus dem Herz und Verstand des Sklaven alle rechtmäßigen Vorstellungen von der Heiligkeit der *Familie* als Institution zu tilgen.«

In seinen Memoiren »My Bondage and My Freedom« zeichnet Douglass ein realistisches Bild seiner Kindheit und des Lebens der Sklaven in den amerikanischen Südstaaten. Die Kinder waren mehr oder weniger sich selbst überlassen, wurden notdürftig ernährt und gekleidet, bis sie einfache Arbeiten verrichten konnten. Ältere Kinder wurden nach Bedarf an andere Plantagenbesitzer verkauft, und es war reiner Zufall, ob sie in die Hände eines sadistischen Schinders gerieten oder in einem freundlicheren Haus unterkamen. Douglass hatte nach einigen schrecklichen Erlebnissen das Glück, an eine wohlhabende Familie in Baltimore verkauft zu werden. Seine Herrin, Sophia Auld, brachte dem dreizehnjährigen Jungen das Lesen und Schreiben bei und behandelte ihn gut, bis ihr Mann die freundlichen Zuwendungen unterband. Wer einem Sklaven auch nur den kleinen Finger reiche, meinte er, werde nichts als Unheil heraufbeschwören. Der kleine Frederick suchte sich andere Lehrer und fand diese auf den Straßen von Baltimore: Die weißen Schulkinder, die er beim Spielen traf, waren stets bereit, ihm schwierige

Wörter und deren Aussprache zu erklären, wenn er sie mit seinem alten, zerfledderten Wörterbuch in der Tasche aufsuchte. Sie waren sich auch darin einig, die Sklaverei zu verdammen und ihren Freund zu bestärken, nach Freiheit zu streben. Von ihnen erfuhr er von einem Buch, das damals oft in der Schule gelesen wurde: »The Columbian Orator«, einer Textsammlung mit Reden berühmter englischer Politiker wie Richard Brinsley Sheridan, William Pitt oder Charles James Fox, der sich erfolgreich für die Abschaffung der Sklaverei im britischen Empire eingesetzt hatte. Frederick gelang es, ein kostbares Exemplar zu ergattern. Wieder und wieder las er die Reden. Seine Sprache verfeinerte sich und seine rudimentäre Bildung wuchs beständig. Und schließlich fand er in dem Buch auch all die Argumente gegen die verhasste Sklaverei. Zum ersten Mal in seinem trostlosen Leben erfuhr er, dass Freiheit das natürliche Recht eines jeden Menschen ist und dass seine Existenz als Sklave auf einem Verbrechen gründete. Freiheit war der natürliche Zustand – nur ihm blieb sie verwehrt: »Freiheit! Ich hörte sie in jedem Ton und sah sie in allen Dingen. Sie war überall, um mich mit dem Bewusstsein meines eigenen elenden Daseins zu quälen. Je schöner und bezaubernder das Lächeln der Natur schien, desto schrecklicher und hoffnungsloser war mein Zustand. Ich sah nichts, ohne sie zu sehen, und ich hörte nichts, ohne sie zu hören. Ich übertreibe nicht, wenn ich sage, dass sie von jedem Stern herabschien, in jeder Kalme lächelte, in jeder Brise atmete und sich in jedem Sturmwind regte.«

Frederick Douglass hatte zwanzig Jahre lang als Sklave gelebt. Schließlich gelang ihm 1838 die Flucht in den Norden, wo er sich in verschiedenen Berufen durchschlug. Er wurde ein erfolgreicher Journalist und einer der einflussreichsten Redner der Abolitionisten, jener Bewegung, die sich für die Abschaffung der Sklaverei in Amerika engagierte. Ein gewöhnliches Schulbuch hatte seinem Leben neuen Sinn gegeben.

Das richtige Buch zur richtigen Zeit kann ein Leben retten, indem es neue Wege eröffnet. Zuweilen bestimmt es das künftige Schicksal seines Lesers. Für T. S. Eliot war die Lektüre des »Rubaiyat« von Omar Khayyam in der Übersetzung von Edward FitzGerald ein solches Schlüsselerlebnis. Er hatte die Verse des persischen Dichters im Alter von etwa vierzehn Jahren geschenkt bekommen, und sie waren für ihn der überwältigende Eintritt in die Welt der Poesie. Die Lektüre war, wie er später meinte, eine Art Bekehrung, durch die die Welt erneuert »und mit hellen, köstlichen und schmerzlichen Farben bemalt schien«. Plötzlich wusste er, dass er Schriftsteller werden wollte, und begann mit der Komposition kleiner vierzeiliger Gedichte nach dem Vorbild Omar Khayyams.

Zugegeben: Vielleicht hätte Eliot auch ohne diese prägende Leseerfahrung irgendwann »The Waste Land« geschrieben, aber manchmal erscheint das Aufeinandertreffen eines Buchs und eines Lesers wirklich wie ein Akt der Vorsehung. Jean-Eugène Robert-Houdin hatte gerade widerstrebend seine Ausbildung als Uhrmacher begonnen, als sein Meister ihm die Anschaffung eines bestimmten Lehrbuchs empfahl. Der Junge ging also in das Antiquariat Soudry, um ein Exemplar zu erwerben. Der Buchhändler, der sich gerade mit anderen Dingen beschäftigte, nahm blindlings zwei Bände aus dem Regal und reichte sie ihm ohne weitere Umstände. Zu Hause angekommen, wollte sich Robert-Houdin eifrig der Lektüre widmen, als er überrascht den Titel las: »Lexikon der amüsanten Wissenschaften«. Das Inhaltsverzeichnis enthielt so merkwürdige Dinge wie die »Erklärung von Kartenkunststücken«, das »Erraten der Gedanken eines anderen« oder das »Abschneiden des Kopfes einer Taube, um sie wieder zum Leben zu erwecken«. Das alles hatte mit dem Uhrmacherhandwerk nichts zu tun. Es war viel besser und weit reizvoller – eine praktische Einweisung in die Kunst der weißen Magie! Durch das Versehen eines Antiquars hatte Robert-Houdin das Buch seines Lebens gefunden. Mit seinen »Soirées Fantastiques« sollte er schon bald das Pariser Publikum begeistern. Seine trickreichen Illusionen wurden weltberühmt. Queen Victoria lud ihn zur Privatvorstellung in den Buckingham Palace, und die französische Regierung schickte ihn nach Algerien, um die aufständischen Stammesfürsten von der Macht seiner Magie zu überzeugen und zu befrieden. Nur elf Jahre trat er im alten Palais Royal auf, doch seine erfolgreichen Tourneen und seine verblüffenden Tricks, Automaten und »Experimente« – die unerschöpfliche Flasche, die schwebende Uhr, das erstaunlich schnell wachsende Orangenbäumchen – sollten das Bild des Zauberkünstlers für mehrere Generationen prägen.

In seinen Memoiren schrieb Robert-Houdin: »Wie

oft habe ich nicht seither den schicksalhaften Irrtum gepriesen, ohne den ich zweifellos ein bescheidener Uhrmacher in der Provinz geblieben wäre! Stimmt, mein Leben wäre still, ruhiger und angenehm verlaufen, so manche Strapazen, Aufregungen, Ängste wären mir erspart geblieben; doch auch welch herrliche Eindrücke, welche Augenblicke höchster Freude hätte ich nie erleben dürfen!«

Fast scheint es so, als gäbe es für jeden Menschen ein Buch, das auf ihn wartet – ein Buch, das die Augen für all die schlummernden Talente und verborgenen Wünsche öffnet. Wer dieses Buch findet, hat, vielleicht ohne es zu ahnen, den magischen Schlüssel zur Wunderkammer seines Lebens entdeckt.

Sonderbare Bücherperlen

> Wahnsinn gehört zum Wesen des
> Menschen.
>
> *Blaise Cendrars*

Selbst jemand, der keine Bücher liest, dem all die Wunder der Literatur vollkommen gleichgültig sind, der sein Leben lieber an der frischen Luft als in staubigen Bibliotheken verbringt und den Tag mit gewinnbringenden Tätigkeiten füllt, kann von dem Reiz der Bibliophilie befallen und von der Schönheit oder Einzigartigkeit eines Buches verführt werden.

Fred Board arbeitete in den 1940er Jahren in der Marketingabteilung einer großen New Yorker Firma und war in dieser Funktion häufig auf Geschäftsreise. Er übernachtete in schäbigen Hotels in langweiligen Ortschaften, die außer einer heruntergekommenen Bar und einem schäbigen Buchladen nichts zu bieten hatten. Board war weder Trinker noch Leser, doch er entschied sich stets für den Buchladen, um ein wenig mit dem Verkäufer zu plaudern und bei Ladenschluss irgendetwas zu kaufen. Die Klassiker der Weltliteratur interessierten ihn nicht, signierte Ausgaben hatten für ihn keinen Reiz, seltene Prachtbände konnte er sich nicht leisten – dennoch entdeckte er oft etwas Besonderes oder Nützliches, das er vielleicht nur aus Höflichkeit oder zum

Dank für das abendliche Gespräch erwarb. Manchmal kaufte er ein Buch nur, weil es billig war und er gern in der Vorstellung schwelgte, ein gutes Geschäft gemacht zu haben.

So vergingen die Jahre. Schließlich wurde der fleißige Fred Board pensioniert. Sein Haus hatte sich nach und nach mit ungelesenen Büchern gefüllt, die Bände hatten ein Zimmer nach dem anderen erobert, doch er kaufte unbeirrt weiter. Merkwürdige Bücher. Bücher in eigenartigen Formen und Farben, runde Bücher, herzförmige Bücher, Bücher aus Beton, Bücher aus getrocknetem Nudelteig, Miniaturbücher, Riesenbücher, Bücher, die auf schottischer Wolle gedruckt waren, Bücher in seltsamen Sprachen und kryptischen Schriftzeichen. Board liebte es, nach dem Außergewöhnlichen zu fahnden. Er wurde zum Sammler, um des Sammelns willen, und er wollte besitzen, was niemand außer ihm besaß. So entdeckte er ein Buch, das 1860 in einem von Mormonen erfundenen Alphabet gedruckt worden war, das sich nie durchsetzen sollte und wieder vergessen wurde. Ein Buch in Form eines Büffelschädels. Eine alte italienische Ausgabe von Dantes »Inferno« in weißer Tinte auf purpurrotem Papier. Board schuf nach und nach eine bizarre Bibliothek, ein Kuriositätenkabinett der edlen Buchkunst und des sonderbaren Kitsches, zu dem es kein Verzeichnis, keine Bibliographie, keinerlei Ordnungskriterien gab. Was wertvoll war und was nicht, entschied allein er. Erst als sein zweihundert Jahre altes Holzhaus allmählich unter der Bücherlast zusammenzubrechen drohte, überlegte er, ob es nicht besser wäre, zumindest die Duplikate zu verkaufen. Sogar die Universität Yale zeigte Interesse, doch der Abschied fiel schwer. So verbrachte Fred Board seinen Lebensabend inmitten seiner Schätze und überließ der Nachwelt die Entscheidung, was damit anzufangen sei. Nach seinem Tod im Jahr 2005 wurden die einzelnen Abteilungen der Sammlung, wie die etwa 13 000 Miniaturbücher oder die seltenen Reiseführer der »American Guide Series«, an der arbeitslose Journalisten und Schriftsteller mitgewirkt hatten, an verschiedene Antiquariate verkauft. Dass Boards Wunderkammer nicht erhalten blieb, ist bedauerlich, aber vielleicht weniger wichtig als die Tatsache, dass sie überhaupt existierte.

Bibliomanie ist oftmals die besessene Liebe zum Buch an sich, seiner Form und Gestalt oder auch nur zu seinem materiellen Wert. Die Liebe zum Inhalt, zur sprachlichen, philosophischen oder poetischen Essenz, der wahren Seele des Buches, bei vollkommener Gleichgültigkeit gegenüber Wert, Zustand, Form und haptischer Qualität, ist unter Sammlern vielleicht weniger häufig verbreitet. Richard Pils erzählte mir einmal von einem alten Bauern, dem Franz aus Böhmersdorf, der sein schlichtes Häuschen mit Büchern angefüllt hatte. Die Nachbarn hielten ihn für verrückt, nicht weil er Bücher sammelte und hortete, sondern weil er sie las, studierte, die für ihn wichtigen Stellen mit unzähligen Merkzetteln markierte, aber mit niemandem über die Dinge sprach oder sprechen konnte, die ihn so sehr beschäftigten. Der schweigsame Einsiedler starb unverstanden, umgeben nur von seinen Büchern und seinen Notizen. Die

Erben seines kleinen Hofes machten sich nicht die Mühe, das Geheimnis seiner Leidenschaft zu ergründen, und warfen seine Hinterlassenschaft auf den Müll.

Das Jagdfieber des Bibliomanen, der sich an besonderen Einzelstücken und Kuriositäten ergötzt, lässt sich nur schwer mit der unbändigen Lesegier des Bauern Franz in Einklang bringen, doch soll uns beides daran erinnern, dass die wahre Bücherliebe ihren Antrieb und ihre Erfüllung in der Harmonie von Form und Inhalt sucht. Dem echten Bücherfreund wird das gedruckte Wort nicht weniger bedeuten als die Qualität des Papiers, des Einbands und der Bindung. Die kostbarsten Bücherperlen sind zweifellos jene, deren unsterbliche Seele ebenso einzigartig ist wie ihre vergängliche Hülle.

Unter diesen seltenen Kostbarkeiten ist »Bibi-la-Bibiste« von Raymonde Linossier sicherlich eine der kuriosesten. Es ist mit seinen fünf Kapiteln auf fünf Seiten – wobei das längste Kapitel lediglich fünf Zeilen Text umfasst – vermutlich das kürzeste Buch, das je geschrieben wurde. Hier das komplette erste Kapitel mit dem Titel »Enfance« (Kindheit):

Ihre Geburt glich jener der anderen Kinder
Deshalb erhielt sie den Namen Bibi-la-Bibiste
(So war beschaffen die Kindheit von Bibi-la-Bibiste)

Ezra Pound bewunderte die »absolute Klarheit und absolute Form« des Büchleins. Es wurde mittels einer Handpresse von der Frau des bei der Pariser Avantgarde besonders angesehenen Druckers Paul Birault auf limitiertem Japanpapier in einer Auflage von 50 Exemplaren gedruckt und als elegante Broschüre gebunden. Madame Birault war wie ihr Mann eine Meisterin ihres Fachs, die vor keinem typographischen Wagnis zurückschreckte, und es hieß, sie sei sogar als Einzige in der Lage, die »Caligrammes« genannten Bildgedichte Apollinaires und seiner Schüler zu drucken.

Aus dem literarischen Debüt der schon früh verstorbenen Juristin und Orientalistin Raymonde Linossier entstand eine kleine und inzwischen vollkommen vergessene Künstlerbewegung, die in den 1920er Jahren Ideen und Grundsätze des Dadaismus vorwegnahm. Die Pariser Buchhändlerin Adrienne Monnier beschrieb den »Bibismus« als Kunstform, die »in Plüschphantasien, muschelverzierten Schmuckkästchen, Überraschungspostkarten, Gemälden in Briefmarkengröße und Konstruktionen aus Flaschenkorken« ihren Ausdruck fand. In diesen unscheinbaren Visionen vereint sich die Liebe zum Buch und die Freude an der Literatur auf schwerelose Weise.

Es gibt aber natürlich auch eine krankhafte, morbide und wahnsinnige Art, Bücherliebe und Literaturbegeisterung zu vereinen. An geheimen, lichtlosen Orten geht die Bibliomanie nahtlos in hemmungslosen Fetischismus über.

Camille Flammarion galt Ende des 19. Jahrhunderts als ein Autor populärer, in poetischer Sprache verfasster Sachbücher zu Themen wie »Gibt es Leben auf anderen Welten?« oder »Gibt es ein Leben nach dem Tod?«. Einmal machte er einer Gräfin, die überaus schöne Schultern besaß, ein Kompliment zu ihrer zarten Haut. Die Umschmeichelte war von den galanten Worten des berühmten Schriftstellers derart gerührt, dass sie sogleich Vorkehrungen traf: Sie vermachte ihrem Verehrer für den Fall ihres Todes die Haut ihrer Schultern und ihres Rückens als Andenken. Und tatsächlich benutzte Flammarion später das edle Material, um ein Exemplar seines erfolgreichsten Buches, »Ciel et Terre« (»Himmel und Erde«), damit binden zu lassen.

Weniger gut belegt ist die Geschichte eines russischen Poeten, der seine Sonette in die Haut seines Beins binden ließ, das ihm nach einem Jagdunfall amputiert worden war, und das Büchlein anschließend der Dame seines Herzens schenkte. Welch reizende Idee! Und doch: Die Haut eines Männerbeins käme wohl eher als Einband für »Die Einsamkeit des Langstreckenläufers« von Alan Sillitoe in Frage als für ein paar verliebte Sonette.

Virginia Woolf und die Hogarth Press

> Die Druckmaschine ist im Esszimmer, in
> der Speisekammer, und bald ist sie mit
> uns im Bett.
>
> *Virginia Woolf*

Leonard Woolf erinnerte sich gern an die weisen Emp-
fehlungen seiner Kinderfrau, die sich in allen möglichen
Lebenslagen stets als überaus nützlich erwiesen hatten.
Eine ihrer großen Weisheiten war, dass die Seele Schaden nehme, wenn sie nur durch Arbeit belastet und nie
durch Spiel entlastet werde. Da sich Leonard Woolf
große Sorgen um seine vollkommen überarbeitete Frau
machte, suchte er nach dem richtigen Spiel, das ihre ver-
letzliche Seele entlasten könnte.

Virginia Woolf hatte eine schwere Zeit hinter sich.
Nach ihrer Heirat im August 1912 und der Vollendung
ihres Debütromans »Die Fahrt hinaus« im darauffol-
genden Jahr hatte sie unter einer manisch-depressiven
Psychose gelitten und einen Selbstmordversuch unternommen. Erst Ende des Jahres 1915 kehrte sie nach wiederholten Aufenthalten in Privatkliniken nach Hause
zurück und konnte im Hogarth House in Richmond ein
verhältnismäßig normales Leben führen. Dennoch fürch-
tete ihr Mann ständig einen Rückfall, wenn er sah, mit
welcher angespannten Konzentration sie an ihrem neuen
Roman »Nacht und Tag« schrieb: »Der Roman wurde

zu einem Teil von ihr, und sie selbst wurde von dem Roman absorbiert.«

Leonard versuchte seine Frau zunächst durch Spaziergänge und Ausflüge nach Richmond Park und Hampton Court abzulenken, doch Ende 1916 vereinbarten sie eine andere Art der Erholung: Sie wollten gemeinsam das Druckerhandwerk erlernen. In der St. Bride's Druckerschule in London teilte man ihnen jedoch mit, dass die Zahl der Lehrlinge streng begrenzt sei und zudem nur Gewerkschaftsmitglieder angenommen würden. Eine Schwarzkünstlerkarriere sollte den beiden offenbar verwehrt bleiben. Einige Monate später entdeckten die Woolfs auf einem ihrer Nachmittagsspaziergänge im Schaufenster der Excelsior Printing Supply Company eine schmucke kleine Handpresse samt Zubehör. Leonard berichtet in seinen Memoiren, dass sie die Geräte durch das Fenster anstarrten »wie zwei hungrige Kinder Brötchen und Kuchen vor einem Bäckerladen«. Sie wollten die Maschine unbedingt kaufen, waren aber unsicher, ob sie ohne Ausbildung damit würden umgehen können. Der Verkäufer tröstete sie: Es sei nicht nötig, eine Druckerschule zu besuchen. Alles, was sie an Wissen und Informationen benötigten, sei in einer sechzehnseitigen Broschüre enthalten, die der Maschine beiliege. Sie müssten lediglich die Anweisungen genau befolgen.

Als Virginia und Leonard Woolf den Laden glücklich verließen, hatten sie eine Handpresse, Lettern und Zubehör im Wert von rund 20 Pfund bestellt. Die Maschine war so klein, dass sie auf einen gewöhnlichen Küchentisch gestellt werden konnte. Und ihre Bedienung war wirklich recht einfach und konnte – nach einigen Anlaufschwierigkeiten – rasch erlernt werden. »Das Anordnen der Lettern ist so mühsam, daß wir nicht sofort mit dem Drucken beginnen können«, schrieb Virginia im April 1917 ihrer Schwester Vanessa. »Man hat riesige Blöcke von Typen, die in die einzelnen Buchstaben und Zeichen zerlegt und dann in die richtigen Fächer gelegt werden müssen. Ein Werk für die Ewigkeit, vor allem wenn man, wie ich gestern, die h mit den n verwechselt. Wir sind so versunken, daß wir nicht mehr aufhören können.«

Nach einem Monat konnten die Woolfs die Lettern im Schließrahmen ausschließen, die Walzen einfärben und mittels eines Hebels, der den Drucktiegel mit dem Papier von unten gegen den Satz im Schließrahmen drückte, eine halbwegs lesbare Seite drucken. Nun waren sie bereit für ihr erstes Buch: »Wir beschlossen«, schrieb Leonard, »eine Broschüre mit Papierumschlag zu drucken, die von uns beiden je eine Geschichte enthielt, um sie per Subskription an eine begrenzte Anzahl von Leuten zu verkaufen, die wir durch ein Rundschreiben ansprechen wollten. Unsere Idee war, falls wir damit Erfolg hatten, weiterzudrucken und auf diese Weise Gedichte oder andere kurze Werke zu veröffentlichen, die die gewerbsmäßigen Verleger keines Blickes würdigen würden.«

Die erste Publikation der Hogarth Press war ein 32-seitiges Heft mit dem Titel »Two Stories written and printed by Virginia and L. S. Woolf«. Die zwei enthaltenen

Geschichten waren »Der Fleck an der Wand« von Virginia und »Drei Juden« von Leonard Woolf. Hinzu kamen vier Holzdrucke der jungen Malerin Dora Carrington. Es wurden ungefähr 150 Exemplare gedruckt und eigenhändig in Umschläge aus Japanpapier geheftet. Die Woolfs schickten eine Ankündigung ihres gemeinsam fabrizierten Hefts an Freunde, Bekannte und mögliche Interessenten, zusammen mit der Einladung, Subskribent der Hogarth Press zu werden, um künftig alle Drucke oder lediglich Vorabinformationen über Neuerscheinungen zu erhalten.

Die Idee, eigene Werke und solche, die bei den großen Verlagen durchgefallen waren, eigenhändig zu drucken, zu binden und an Privatpersonen zu verkaufen, wurde ein überraschender Erfolg. Die »Two Stories« waren binnen weniger Wochen so gut wie vergriffen. Zwar hatten die Autoren kein Honorar bekommen, doch übertrafen die Einnahmen die Ausgaben für Papier, Illustrationen, Umschlag und Bindung bei weitem. Zudem begannen sich auch andere Autoren für den Kleinverlag zu interessieren. Katherine Mansfield bot für die »Publication No. 2« der Hogarth Press eine längere Kurzgeschichte an – »Prelude«, skizzenhafte Erinnerungen an Familie und Kindheit in Neuseeland, war mit 68 Seiten schon beinahe ein richtiges Buch, das in einer Auflage von 300 Exemplaren erschien. Virginia Woolf übernahm meist die Setzarbeiten, Leonard bediente die Presse. Für umfangreichere Projekte musste er jedoch von der kleinen Handpresse, die nur eine Seite nach der anderen drucken konnte, in eine richtige Druckerei ausweichen.

Während der Arbeit an »Two Stories« hatte er sich mit dem Drucker McDermott aus Richmond angefreundet, der den aus seiner Sicht ziemlich exzentrischen Amateuren gern seine Hilfe und die Nutzung seiner großen Tiegeldruckpresse anbot. Nun war McDermott zwar ein erfahrener Setzer, hatte aber vom Druckereigewerbe fast so wenig Ahnung wie die Woolfs. Wenn Leonard ihn besuchte, traf er ihn oft schweißüberströmt und von Druckerschwärze gefärbt an, während er seine Maschine mit haarsträubenden Flüchen verdammte. Der Besucher bot seine Hilfe an, und kurz darauf kämpften beide schwitzend, schimpfend und ölverschmiert mit dem störrischen Apparat. »Montag oder Dienstag«, ein Band mit literarischen Versuchen und Skizzen Virginias und Holzschnitten ihrer Schwester Vanessa, wurde, wie Leonard bemerkte, »zu einem der am schlechtesten gedruckten Bücher, das je erschienen ist«.

Der wachsende Erfolg der Hogarth Press machte es immer wieder notwendig, Drucke in Auftrag zu geben; in den ersten Jahren, zwischen 1917 und 1920, aber stellten die Woolfs ihre bibliophilen Kostbarkeiten weiterhin in Handarbeit her. Virginia Woolfs »Im botanischen Garten« war so erfolgreich, dass eine zweite Auflage bei einer regulären Druckerei in Auftrag gegeben wurde. Neben ihren eigenen Texten erschienen bald Werke von E. M. Forster, Maxim Gorki und T. S. Eliot. Auf Letzteren war Leonard Woolf aufmerksam geworden, als er mit Staunen die Widmung in dessen erstem Gedichtband »Prufrock« gelesen hatte. Eliot hatte sein Buch in Dankbarkeit und Zuneigung seinem »nächsten/zweiten Verleger, Leonard Woolf«, gewidmet – eine Prophezeiung, die nun in Erfüllung gehen sollte.

Sieben Jahre lang blieb die Hogarth Press in Richmond. Die Bücher wurden in der Speisekammer gedruckt und im Esszimmer gebunden, während im Wohnzimmer mit Druckern, Buchbindern und Autoren verhandelt wurde. Aus dem bibliophilen Steckenpferd wurde im Lauf der Zeit ein renommierter Verlag, der neben Virginia Woolfs berühmten Romanen, »Mrs. Dalloway«, »Die Fahrt zum Leuchtturm« und »Orlando«, zahlreiche Meisterwerke der Moderne herausbrachte, darunter die ersten englischen Übersetzungen der Schriften Sigmund Freuds. Auch »Ulysses« von James Joyce sollte bei der Hogarth Press erscheinen, doch Virginia hatte zahlreiche Einwände gegen das Buch, vielleicht weil Joyce literarische Techniken benutzte, die ihren eigenen glichen. Obwohl sie die Schönheiten des Romans bewunderte, verachtete sie das ihrer Meinung nach typisch männlich Ordinäre. »Ihr kam es vor«, berichtet ihr Neffe Quentin Bell, »als hätte ihr jemand die Feder aus der Hand genommen, um damit das Wort *Fick* an eine Abortwand zu schreiben.« Leonard hätte den »Ulysses« allerdings gern veröffentlicht, allein deswegen, weil der Roman zweifellos ein revolutionäres Werk war. Doch die Vorstellung, den tausendseitigen Roman in der Speisekammer mit einer kleinen Handpresse zu drucken, erschien ihm dann doch, bei aller Liebe zur Literatur, ein wenig abenteuerlich.

1938 verkaufte Virginia Woolf ihren Anteil an der Hogarth Press an ihren Lektor John Lehmann, der den Verlag bis 1946 weiterführte. Danach wurde er zu einem Imprint von Chatto & Windus.

Wer nun auf den Geschmack gekommen ist und mit dem Gedanken spielt, die frühen Drucke der Hogarth Press zu sammeln, sei gewarnt. Selbst die Nachauflagen sind nur selten antiquarisch zu finden und keineswegs preiswert. Der erste Versuch von Leonard und Virginia Woolf in der schwarzen Kunst, »Two Stories«, 32 Seiten im Format Demy-Oktav mit vier Holzschnitten, wird derzeit für mehr als 20 000 Euro gehandelt. Für einen Bibliomanen wird dies vielleicht eine unbedeutende Summe sein. Der wahre Bibliophile wird sich hingegen für das Geld lieber eine Handpresse kaufen und sofort mit dem Druck beginnen.

Blakes Visionen

Ich besitze auch die Bibel der Hölle, die
die Welt bekommen soll, ob sie will oder
nicht.

William Blake

Bücher zu drucken kann zweifellos eine erfüllende Tätigkeit sein und ein lebendiger Ausdruck der Liebe zum Buch und zur Literatur. Bei William Blake, der fast all seine Bücher eigenhändig fertigstellte, illustrierte und illuminierte – d. h. mit leuchtenden Farben bemalte –, mischte sich diese Arbeit hingegen mit einer besonderen Art von Besessenheit, die allmählich zu seiner Lebensaufgabe wurde: Er widmete sich der gewissenhaften Herstellung einer kleinen Bibliothek wunderbarer, schrecklicher und seltsamer Werke, welche die herkömmlichen Mythologien, Philosophien und Religionen ersetzen sollten. Das eigenhändige Drucken prophetischer Schriften wurde zu einem heiligen Akt, der durch die Anwendung der Ätzstoffe eines Kupferstechers sozusagen die sichtbaren Oberflächen der Realität wegschmelzen und das darunter Verborgene enthüllen sollte: »Wenn die Pforten der Wahrnehmung geläutert würden, würde jedes Ding dem Menschen erscheinen, wie es ist, unendlich.«

William Blake, 1757 als Sohn eines Strumpfmachers in London geboren, besuchte bereits im Alter von zehn

Jahren eine Zeichenschule, um das damals überaus an-
gesehene Handwerk eines Buchillustrators zu erlernen.
1772 begann er eine Lehre bei dem Londoner Kupfer-
stecher Henry Basire. Über seinen weiteren Bildungs-
weg ist nichts bekannt, doch scheint er ein Autodidakt
gewesen zu sein, der sich verschiedene Sprachen bei-
brachte und die philosophischen und poetischen Werke
seiner Zeit aneignete, ohne die damals bei Künstlern
und Dichtern durchaus übliche klassische humanis-
tische Bildung vorweisen zu können. Seine Lektüre, die
sein Werk später beeinflusste, erstreckte sich auf eine un-
geordnete Vielzahl bekannter wie unbekannter Dichter,
Philosophen, Okkultisten und Esoteriker, unter denen
Namen wie Jacob Böhme und Emanuel Swedenborg
herausragen. Sein Geld verdiente Blake mit Illustrationen zu Dantes »Göttlicher Komödie«, Miltons »Verlo-
renem Paradies«, zum »Buch Hiob« und weniger bedeutenden Werken. Doch mit dieser »gewöhnlichen« Arbeit
gab er sich nicht zufrieden und experimentierte ständig mit neuen, komplizierten Druckverfahren, um seine
eigenen Texte zu gestalten und seine eigenen Bücher zu
kreieren. Der Geist seines in jungen Jahren verstorbenen
Bruders Robert half Blake angeblich bei der Erfindung
einer neuartigen Methode, die er »illuminiertes Drucken«
nannte und deren Geheimnis erst 1947 gelüftet wurde:
Blake gravierte den handgeschriebenen Text und die zugehörige Illustration auf eine Kupferplatte und kolo-
rierte den fertigen Druck von Hand. Die Farbgebung
und Anordnung der Buchseiten, die Blake mit Hilfe seiner Frau Catherine auf diese Weise herstellte, variierten

also von Exemplar zu Exemplar. Keine zwei Ausgaben waren identisch, und die Anzahl der gedruckten Bücher war so gering, dass sie als Kunstwerke von hohem Wert schon damals nur einem kleinen Kreis von Kennern und Liebhabern zugänglich waren. Bis heute zählen Blakes Originaldrucke zu den begehrtesten Stücken betuchter Sammler.

Doch Blakes Bücherwahn hatte mit dem Wert seiner Drucke, mit ihrer Seltenheit und eigenartigen Schönheit, nichts zu tun. Die Bücher, die er schuf, wollten etwas viel Größeres: Eine neue Bibel, eine »Bibel der Hölle« sollte entstehen. Die politischen, religiösen und philosophischen Irrlehren der Vergangenheit sollten mit einer neuen Weltanschauung endlich ausgelöscht werden. In einer Serie greller Traumbilder und ketzerischer Argumentationen überwand Blake die einfältige Trennung in »Gut« und »Böse« der von ihm verachteten konventionellen Moral. Stattdessen sollten die gegensätzlichen, aber dennoch harmonierenden Kräfte »Vernunft« und »Energie« regieren, ohne deren Vereinigung es keinerlei künstlerische oder gesellschaftliche Entwicklung gäbe.

Eine der schillerndsten und sonderbarsten Visionen, »The Marriage of Heaven and Hell«, die das Entstehen jener revolutionären Bibel ankündigt, beschreibt eine Druckerei in der Hölle: In der ersten Kammer säubert ein Drachenmensch eine Höhlenmündung von Unrat, in der zweiten werden einer sich ringelnden Viper Gold, Silber und Edelsteine geopfert. In der dritten Kammer weilt ein Adler, dessen gewaltiger Flügelschlag dem Höhleninneren den Anschein von Unendlichkeit verleiht, während adlergleiche Männer Paläste auf gewaltigen Felsvorsprüngen erbauen. In der vierten erscheinen Löwen aus flammendem Feuer, die Metalle zu lebendigen Flüssigkeiten schmelzen. Namenlose Formen, die die Metalle im unendlichen Raum bilden, wie geschmolzenes Blei, das man in kaltes Wasser gießt, finden sich in der fünften Kammer und nehmen in der sechsten die Gestalt von Büchern an, die in Bibliotheken aufgestellt werden.

Blakes »Drachenmensch« kehrt auf einem unheimlichen Gemälde wieder. Es trägt den Titel »Der Geist eines Flohs« und zeigt ein menschenähnliches Wesen mit schlangenhafter Schuppenhaut, das in einer Hand eine hölzerne Schale hält. Im Hintergrund sieht man den Schweif eines Kometen. Das Monster trägt eine Schale voll Blut und stellt die Wiedergeburt eines geizigen Menschen dar. Doch das Erstaunliche an dem Bild ist, dass Blake dieses Ungeheuer wirklich gesehen hat. Als ihn ein Freund eines Tages besuchte, fand er Blake mit seinem Zeichenblock regungslos an der Kellertreppe. Der Freund erkundigte sich höflich, was er denn vorhabe. Er habe, erzählte Blake, einen abscheulichen Dämon mit Augen wie glühende Kohlen aus dem Keller aufsteigen sehen – und nun warte er darauf, dass das Monstrum zurückkehre, um es zu porträtieren.

Blakes ungewöhnliche Bilder und Texte waren nicht nur von den theologischen und okkulten Schriften inspiriert, die er seit seiner Jugend verschlang, oder den Drucken, die er schon in der Kindheit zu sammeln begonnen hatte. Er beschrieb und zeichnete das, was er wirklich sah – fremdartige Wesen aus einem bizarren Zwischenreich, unbegreiflich schöne und schreckliche Gestalten, die unbemerkt unter den Menschen wandelten. Engel, die in Bäumen saßen, und Teufel, die aus dem Keller hervorkrochen. Der Wahn war seine Wirklichkeit, und sie existierte nicht nur in seinen Träumen und Büchern.

Gegen Ende seines Lebens zog sich Blake immer weiter in jenes unbekannte Land zurück, dessen Schemen und Umrisse sich in seinen von Traumsymbolen überladenen Werken spiegeln. Seine umfangreiche Sammlung wertvoller Drucke musste er aus Geldnot verkaufen. Doch während er, um seinen Lebensunterhalt zu verdienen, konventionelle Porträts und Illustrationen anfertigte und jede Auftragsarbeit annahm, die er bekommen konnte, lernte er insgeheim Griechisch und Hebräisch und schrieb an seinen großen prophetischen Werken »Vala oder die vier Zoas«, »Milton« und »Jerusalem«. Am 12. August 1827 starb er als Prophet ohne Gemeinde. Seine poetischen Werke blieben weitgehend unbekannt, bis sie einige Jahrzehnte später von den Präraffaeliten und dann auch von den wichtigen Autoren der klassischen Moderne wiederentdeckt wurden – von William Butler Yeats, T. S. Eliot, James Joyce, Ezra Pound und Dylan Thomas. Die von William Blake eigenhändig gedruckten Originale überdauerten nur in verschwindend geringer Stückzahl. Von seinen handkolorierten »Songs of Innocence« gibt es nur noch drei Exemplare, von seinem visionären Gedicht »Milton« nur zwei. Die Übrigen finden sich in den Bibliotheken der Hölle.

Von Buch zu Buch

Lasst uns Bücher lieben, wie wir die
Liebe lieben.

Holbrook Jackson

Das einzig wirksame und wünschenswerte Heilmittel
gegen die Bibliomanie ist zweifellos die Bibliophilie.
Denn diese hat zuweilen die erfreuliche Nebenwirkung,
neben dem Bücherfreund auch andere Menschen glücklich zu machen, indem sie über die Grenzen der eigenen
Bibliothek hinausstrahlt. Ihre fanatische Schwester, die
Bibliomanie, hat sich hingegen allzu oft als Weg in die
Dunkelheit, ins Unglück und in die Einsamkeit erwiesen, wie das Schicksal einzelner Büchernarren zur Ge-
nüge beweist.

Einer der berühmtesten Sammler des 19. Jahrhunderts, Sir Thomas Phillipps, war von dem Gedanken
besessen, jede erhaltene Handschrift auf Pergament auf-
zukaufen und in seinem Anwesen Thirlestaine House
in Cheltenham aufzubewahren. Ohne besondere Kenntnisse von alten Manuskripten kaufte er einfach alles und
bezahlte jeden Preis. Das Gefühl, das ihn zu immer
neuen Erwerbungen antrieb, bezeichnete er selbst als
Manie, doch glaubte er, damit auch höheren Zwecken
zu dienen. Er wollte die obskuren Bücher für die Nachwelt bewahren und das Interesse der Öffentlichkeit an

den halbvergessenen Werken wachhalten, doch sein eigentliches Motiv war wohl weniger selbstlos: »Ich will von jedem Buch auf der Welt ein Exemplar haben«, gestand er seinem Biographen A. N. L. Munby.

Diesem Ziel kam er recht nahe. Im Jahr 1837, in der Mitte seines Lebens, besaß Sir Phillipps nach seinem als Privatdruck veröffentlichten Katalog bereits 23 837 seltene Bücher und Manuskripte. Munby beschrieb den eifrigen Sammler als einen eitlen, egozentrischen, dogmatischen, eigensinnigen, streitsüchtigen und heuchlerischen Menschen, dessen Erfolg sich wohl gerade diesen unschönen Eigenschaften verdankte. Doch all die Kostbarkeiten, die er aufhäufte, konnten Sir Phillipps nicht glücklich stimmen. Ständig quälte ihn die Sorge, seine Sammlung könne nach seinem Tod in alle Winde zerstreut werden. Schließlich versuchte er, die britische Regierung für den Erhalt der Bibliothek in Thirlestaine House zu gewinnen. Benjamin Disraeli, der damalige Schatzkanzler, lehnte jedoch mit Bedauern ab, denn die gestellten Bedingungen waren schlicht unannehmbar: Die Regierung sollte alle Kosten tragen, doch die Kontrolle über Zugang und Nutzung der Sammlung wollte ihr Besitzer nicht aus der Hand geben.

Verbittert über die Absage, entwarf Sir Phillipps ein kompliziertes Testament, das sicherstellen sollte, dass jedes Buch seiner Sammlung für immer an seinem Platz blieb, dass kein Buchhändler oder Antiquar die Bände anrührte oder umordnete, dass kein Katholik die Bibliothek betrat und dass der Zugang auch seiner Tochter Henrietta und deren Mann, dem Shakespeare-Experten

James Orchard Halliwell, auf Lebenszeit verwehrt blieb. (Phillipps hielt den Schwiegersohn nämlich für einen skrupellosen Bücherdieb, da während dessen Lehrtätigkeit am Trinity College siebzehn wertvolle Manuskripte verschwunden waren.) Die Vorkehrungen waren vergeblich. Einige Jahre nach dem einsamen Tod des unglücklichen Büchernarren wurde sein Testament für ungültig erklärt, und sein Enkel Thomas FitzRoy Fenwick verbrachte mehrere Jahrzehnte damit, die wertvollen Bände an Bibliotheken und Privatsammlungen in aller Welt zu verhökern.

Sir Phillipps' Schicksal offenbart die Tragik des Bibliomanen, der seine Bücherschätze zu sehr liebt, um sie zu teilen. Dabei lag das Glück in greifbarer Nähe. Schon William Blake hatte in seinem Gedicht »Ewigkeit« richtig bemerkt:

> Wer eine Freude an sich bindet,
> Der zerstört beschwingtes Leben,
> Doch wer im Flug sie küsst und findet,
> Lebt vom ew'gen Licht umgeben.

Das gilt wohl für jede Art der Liebe, auch für die Bücherliebe. Wird sie zum neurotischen Zwang und zur Besessenheit, zur egoistischen Raffgier, wartet am Ende nur der Kummer um die unausweichliche Vergänglichkeit aller Dinge. Trost und Glück gibt es nur im flüchtigen Augenblick. Eifersucht, Neid und Missgunst haben hingegen noch nie zu etwas Gutem geführt, ebensowenig wie Ausgrenzung und Bevormundung: Der Umgang mit Büchern sollte also vollkommen zwanglos sein. Ein jeder soll sich an dem erfreuen, was er schätzt und liebt, sei es nun trivial oder anspruchsvoll, und niemand soll denken, dass ein Buch wertlos ist, nur weil ein anderer es kritisiert.

Jeder Leser hat das Recht, sich seinen eigenen Weg durch die Bücherlabyrinthe zu bahnen – jenseits der vorgegebenen Ordnungen und Kanonisierungen. Der Londoner Essayist Charles Lamb ordnete seine Bücher beispielsweise lediglich in solche, die er las, und solche, die er nicht las: biblia und biblia a-biblia. Mit Letzterem bezeichnete er all jene Bücher, die ihm unlesbar erschienen: Kalender, Gebrauchsanweisungen, Gesetzestexte, Almanache, wissenschaftliche Abhandlungen, Schachbretter, die man zusammenklappen und wie ein Buch aufschlagen kann – außerdem die Werke des Philosophen David Hume und des Historikers Edward Gibbon sowie anderer Autoren, die Lamb aus unerfindlichen Gründen verschmähte.

Zu einer freien, großherzigen Bücherliebe, die auf einem gesunden Maß an Neugier und Leselust beruht, inspiriert auch eine Geschichte über den englischen Gelehrten Samuel Johnson. Denn der Autor des maßgeblichen englischen Wörterbuchs ließ sich bei der Auswahl seiner Lektüre seit früher Kindheit gern vom Zufall leiten: Im Glauben, der Bruder habe ein paar Äpfel hinter einem dicken Folianten oben auf einem Gestell der väterlichen Buchhandlung versteckt, kletterte er die Leiter hinauf, um danach zu suchen. Äpfel kamen keine zum Vorschein, wohl aber stellte sich der Foliant als ein Werk

Petrarcas heraus, dem der kleine Samuel irgendwo in einem Vorwort bereits als Wiedererwecker der Gelehrsamkeit begegnet war. Neugierig, was es damit auf sich habe, setzte er sich hin und begann zu lesen. Auf diese zerstreute Art lernte er auch eine Vielzahl anderer Werke kennen, die man an Schulen und Universitäten kaum je zu Gesicht bekam.

Das ist vielleicht die einzig richtige Art, mit der Unmenge von Texten umzugehen, die wir seit Anbeginn der schriftlichen Überlieferung angehäuft haben: das in Goethes »Faust« erwähnte Springen von »Buch zu Buch, von Blatt zu Blatt«. Und wenn wir in den Bibliotheken unseres Geistes schon nicht ohne Ordnung auskommen, dann sollte diese Ordnung unseren persönlichen Vorlieben entsprechen und nicht irgendeinem vergänglichen Kanon oder den berechnenden Maßstäben der Ideologen.

Für jene, die dennoch Orientierung brauchen, gibt es drei nützliche Ratschläge von Ralph Waldo Emerson, von denen der dritte zweifellos der entscheidende ist:

Lies keine Bücher, die nicht mindestens ein Jahr alt sind.

Lies nur berühmte Bücher.

Lies nur Bücher, die dir gefallen.

Oscar Wilde hatte eine ganz ähnliche Auffassung. Er teilte den Lesestoff ebenfalls schlicht in drei unverbindliche Kategorien ein: Bücher, die man lesen sollte – wie Ciceros Briefe, Sueton, Vasaris Künstlerbiographien, Benvenuto Cellinis Autobiographie, die Reiseberichte von Sir John Mandeville und Marco Polo, Saint-

Simons Memoiren, Theodor Mommsens »Römische Geschichte« und Grotes Geschichte Griechenlands –, Bücher, die man zweimal lesen sollte – wie Platon und Keats, im Bereich der Poesie die Meister, im Bereich der Philosophie die Seher –, und drittens Bücher, die man nicht lesen sollte, wie sämtliche Kirchenväter außer Augustinus, alle Streitschriften sowie alle Bücher, die irgendetwas beweisen wollen. »Die dritte Kategorie ist die wichtigste«, schrieb Wilde. »Den Leuten zu sagen, was sie lesen sollen, ist in der Regel nutzlos oder gar schädlich; denn die Wertschätzung der Literatur ist eine Frage des Temperaments, nicht der Unterweisung.«

Nun könnte man an dieser Stelle einwenden, dass der phantasievolle, individuelle und freizügige Umgang mit Büchern und Literatur ebenso gut neue Spielarten der Bibliomanie hervorbringen kann, wie er womöglich andere Symptome dieser Sucht zu heilen vermag. Thomas Frognall Dibdin meinte nicht zu Unrecht, dass es sowieso keine Heilmittel gegen Bibliomanie gebe, sondern nur einige Kuren, die zumindest ansatzweise helfen könnten, die schlimmsten Auswüchse des Bücherwahns einzudämmen. Unter seinen Heilmethoden erscheinen einige durchaus sinnvoll: Man solle lernen, den hochwertigen Inhalt eines Buches mehr zu schätzen als sein prächtiges Äußeres, und man solle der verbreiteten Sucht nach seltenen Büchern Einhalt gebieten, indem man Neuausgaben druckt und veröffentlicht. Ob allerdings das Studium des kunstvollen Bibliographierens einen fanatischen Bibliomanen zu kurieren vermag, wie Dibdin meint, scheint fraglich – schließlich war er selbst, ebenso wie der bereits erwähnte Sir Thomas Phillipps, ein kundiger Bibliograph und dennoch, oder gerade deshalb, von der Wiege bis zur Bahre ein unverbesserlicher Büchernarr. Sein Vorschlag, man solle öffentliche Einrichtungen zur Förderung der Bücherliebe gründen, weist hingegen in die richtige Richtung. Denn das Schönste an Büchern ist nicht, dass man sie besitzen, sondern dass man sie lesen und an andere weitergeben kann.

Die Odyssee der Manuskripte

> Das, was die Lebenden von den Toten
> trennt, unterscheidet die Gebildeten von
> den Ungebildeten.
>
> *Aristoteles*

Sokrates hielt das menschliche Gedächtnis für wichtiger als das geschriebene Buch. Zwar studierte er, laut Platon, eifrig die philosophischen und wissenschaftlichen Werke seiner Zeit, doch kritisierte er auch die jungen reichen Athener, die die Werke großer Denker allein deshalb kauften, um damit zu prahlen und die Autographensammlungen ihrer Freunde an Vollständigkeit und Erlesenheit zu übertreffen. Einer dieser wohlhabenden Bücherfreunde einer späteren Generation war Apellikon von Teos. Dieser fühlte sich dem Peripatos, der Schule des Aristoteles, zugehörig, war aber zugleich ein unersättlicher Anhänger der Bibliomanie. Seine Sammelwut kannte keine Grenzen. So musste er Athen vorübergehend verlassen, weil er aus unbeherrschter Leidenschaft für alte Dekrete Originaldokumente aus dem Staatsarchiv gestohlen hatte. Über sein sonstiges Leben ist wenig bekannt. 89/88 v. Chr. war er Münzmeister, später versuchte er sein Glück als Feldherr. Er schloss sich dem Tyrannen Athenion an und leitete in dessen Auftrag einen Raubzug nach Delos. Da er auch kein überragender Stratege war, endete die verwegene Expedition in einem Debakel. Seine Soldaten wurden von den römischen Truppen des Obius vernichtend geschlagen, und ihr bibliophiler Kommandant konnte nur mit knapper Not entkommen. Kurz darauf scheint er gestorben zu sein.

Da Apellikon weder militärische noch wissenschaftliche oder künstlerische Großtaten vorweisen konnte, wäre er wohl aus den Fußnoten der Geschichtsschreibung völlig verschwunden, wenn es nicht merkwürdige Gerüchte gegeben hätte, die sich um seine Büchersammlung rankten. Diese sei nicht nur eine wahre Schatzkammer voll seltener Manuskripte gewesen, sondern habe zudem den Nachlass des großen Aristoteles, die gesamte Bibliothek des Peripatos, enthalten. Wie konnte ein reicher, aber nicht übermäßig gelehrter Bücherfreund an solch ein gewaltiges und bedeutendes Erbe gelangen? Die Überlieferung ist nicht ganz zuverlässig und die Informationen widersprüchlich, doch finden sich bei den antiken Historikern Strabon und Plutarch Berichte, die den Weg der wertvollen Manuskripte anschaulich darstellen.

Aristoteles war laut Strabon der erste Mann, der eine Privatbibliothek anlegte. Über ihre Größe und ihren Umfang ist nichts bekannt, doch muss sie neben eigenen Werken, Vorlesungstexten und persönlichen Aufzeichnungen auch die wichtigste Literatur der Zeit umfasst haben. Zweifellos war sie ein unverzichtbarer Bestandteil des Peripatos, wurde auch von den Schülern eifrig genutzt und schließlich Theophrast, dem Nachfolger und engsten Vertrauten des Aristoteles, vermacht.

Im Testament des Philosophen, das uns von Diogenes Laertios überliefert ist, werden die Bücher nicht ausdrücklich erwähnt, doch gilt als sicher, dass sie in den Besitz des neuen Schulleiters übergingen. Theophrast ernannte keinen direkten Nachfolger, die Schule des Peripatos und den zugehörigen Garten vererbte er an seine zehn Freunde und Schüler, die dort zusammen studieren und philosophieren sollten; unter der Bedingung jedoch, dass der Besitz stets gemeinsames Eigentum bleiben und nicht veräußert oder privat genutzt werden solle. Das Testament nennt allerdings ausdrücklich Neleus, der ebenfalls zu den zehn Gefährten gezählt wird, als Erben aller Bücher. Auch Strabon bezeichnet Neleus als offiziellen Besitzer der kostbaren Büchersammlung, der Bibliothek des Aristoteles, erweitert um die Werke und Sammlungen des Theophrast. Warum ausgerechnet Neleus, ein eher unbedeutender Schüler, der keine eigenständigen Werke hervorgebracht hatte, auf diese Weise bevorzugt wurde, ist unklar. Vielleicht hielt ihn Theophrast für fähig, die aristotelischen Traditionen zu wahren und den zunehmenden Zwistigkeiten innerhalb der Schule entgegenzuwirken. Doch seine Gefährten wählten nicht ihn, sondern Straton zu ihrem neuen Scholarchen. Neleus, der sich nach seiner ungewöhnlichen Erbschaft wohl große Hoffnungen gemacht hatte, dieses Amt übernehmen zu können, packte beleidigt die Koffer und verschwand aus Athen.

Strabon und Plutarch berichten übereinstimmend, Neleus habe sich in seinen Heimatort Skepsis in der Troas zurückgezogen, all die unersetzlichen Bücher mit-

genommen und sie schließlich an seine ungebildeten
Nachkommen vererbt. Diese hätten die Schriftrollen in
einer Höhle oder einem Keller versteckt – aus Furcht vor
den Schergen der pergamenischen Könige, die überall
nach seltenen Manuskripten für ihre große Bibliothek
suchen ließen. Jahrzehnte später entdeckte Apellikon
von Teos die geheime Höhle »auf wundersame Weise«.
Bestimmt nicht aus reinem Zufall, denn er war ein bekannter und betuchter Sammler von Aristotelica und
verkehrte im Umfeld des Peripatos. Dort hatte er vermutlich von den Ereignissen nach Theophrasts Tod gehört und ganz bewusst nach Neleus' Erben gefahndet.
Er reiste schließlich persönlich nach Skepsis, um zu prüfen, was aus all den Kostbarkeiten geworden war, kaufte
den rechtmäßigen Eigentümern, die wohl erleichtert waren, den alten Plunder endlich los zu sein, die von Mot-
ten und Würmern zerfressenen Papiere ab und brachte
sie zurück nach Athen.

Obwohl es eher unwahrscheinlich ist, dass Neleus
die gesamte Bibliothek des Aristoteles in seine Heimat
verschleppt hatte, nur um seinen »Freunden« eins auszuwischen, kann man sich gut vorstellen, wie ein glück-
seliger Apellikon mit zitternden Händen seine Neuerwer-
bungen auspackte, behutsam die wertvollen Pergamente
entrollte und unter Freudentränen die Handschrift des
bedeutendsten Philosophen seiner Zeit erkannte. Wahrscheinlich vergoss er auch ein paar Tränen des Kummers
über den bedenklichen Zustand der Manuskripte und
die provinzielle Ignoranz ihrer Vorbesitzer. Beim Anblick der durchlöcherten und vermoderten Blätter fasste

er einen mutigen Entschluss: Er wollte die unvergleichlichen Texte neu herausgeben, die Lücken und unlesbaren Stellen durch eigene wohlerwogene Worte schließen. Es war keine schlechte Idee, doch Apellikon hatte weder das Wissen noch den Verstand für eine so anspruchsvolle Aufgabe. Er war, wie Strabon trocken anmerkte, eben »eher Bücherfreund als Philosoph«. Und so endete sein hingebungsvoller Eifer mit der Edition einer vollkommen unzuverlässigen, verfälschten und fehlerhaften Aristoteles-Ausgabe, von der keine Zeile der Nachwelt erhalten blieb.

Möglicherweise war der Bibliomane auch völlig mit der Reputation zufrieden, die ihm der Besitz unbekannter aristotelischer Schriften verschaffte. Tatsächlich drang die Kunde von der kostbaren Sammlung bis nach Rom, wo ein anderer Bücherfreund gierig die Ohren spitzte. Im Jahr 86 v. Chr. wurde Athen durch die Truppen des römischen Feldherrn Sulla besetzt, und dieser nutzte die Gunst der Stunde und erkundigte sich nach der berühmten Bibliothek Apellikons. Er besuchte sie nicht, um ein paar Dubletten zu tauschen – er beschlagnahmte sämtliche Schriftrollen und schickte sie nach Rom, in sein privates Domizil, wo eigens ein Bibliothekar angestellt wurde, um die geraubten Schätze zu pflegen.

Nach Sullas Tod ging die Sammlung an seinen Sohn Faustus Sulla. Dieser machte sich nicht viel daraus, hinderte aber auch niemanden daran, die Texte einzusehen. Vermutlich war Cicero, ein Kenner der aristotelischen Werke, häufig zu Gast. Wichtiger für die Überlieferung der Texte war jedoch ein gewisser Tyrannio von Amisos, der als Gefangener nach Rom gelangt war und nach seiner Freilassung als Lehrer arbeitete. Er war wohl neben Cicero der Einzige, der die wahre Bedeutung der griechischen Handschriften richtig einschätzen konnte. Gerissene Buchhändler hatten bereits begonnen, fehlerhafte Abschriften in Umlauf zu bringen, doch Tyrannio vermittelte die wichtigen Manuskripte weiter an Andronikos von Rhodos, dem neuen Scholarchen des Peripatos, der in der Folge eine für künftige Generationen maßgebliche Edition der aristotelischen Werke herausbrachte. Was mit der Bibliothek nach dem Tod des Faustus 46 v. Chr. geschah, ist nicht bekannt. Offenbar wurden die Bücher noch zu Lebzeiten versteigert, um Schulden zu tilgen. Doch dank Tyrannio fanden zumindest einige Originalmanuskripte den Weg zurück nach Athen.

Heute vermutet man, dass Neleus nur mit einer vergleichsweise bescheidenen Auswahl an Autographen und Hypomnemata (privaten Aufzeichnungen) nach Skepsis floh. Apellikons Fund, Sullas Raub und Tyrannios Rückführung der seltenen Schriften waren also für die Überlieferung der aristotelischen Werke nicht entscheidend. Die Odyssee der Manuskripte bleibt eine eher unbedeutende Fußnote in der Literatur- und Philosophiegeschichte. Sie ist jedoch durchaus ein faszinierendes Kapitel in der Geschichte der Bibliomanie mit Apellikon als Urahn aller Büchernarren.

Die Galerie der Bücherdiebe

Ich kann nicht ohne Bücher leben.

Thomas Jefferson

Bücher wurden gestohlen, seit es sie gibt und Menschen, die von dem Wunsch, sie zu besitzen, besessen sind. Und welche Strafe oder Drohung könnte einen wahrhaftig Besessenen vom Objekt seiner Begierde fernhalten? Doch vielleicht wirken die folgenden Zeilen aus einer Bibelhandschrift des 12. Jahrhunderts tatsächlich ein klein wenig abschreckend:

> Wer dieses Buch stiehlt,
> Soll den Tod erleiden,
> Soll im Kessel gekocht werden,
> Soll von Fallsucht und Fieber heimgesucht,
> Aufs Rad geflochten und gehängt werden.
> Amen.

Im europäischen Mittelalter, vor der Erfindung des Buchdrucks, waren solche Bücherflüche trotz ihrer zweifelhaften Wirkung eine weitverbreitete Methode der Abschreckung. Man fragt sich, ob mit ihnen jemals ein bibliophiler Langfinger zur Vernunft gebracht wurde? Wohl kaum, aber ganz nutzlos sind sie auch nicht – zumindest haben sie bislang niemandem geschadet. Niemandem außer den Dieben, vermutlich. Warum also nicht gleich die ganze Bibliothek durch fromme Magie absichern, so wie es Madame Genlis versuchte. Ihr im Original lateinischer Bannspruch lautet in der Übersetzung wie folgt:

> Drei Körper hängen aus ungleichen Gründen am
> Baum;
> Dismas und Gesmas und die Göttliche Macht in der
> Mitte;
> Dismas blickt himmelwärts,
> Der unglückliche Gesmas blickt in die Tiefe.
> Möge die Höchste Macht uns und das Unsrige
> beschützen.
> Lies diese Zeilen laut, und du wirst dein Eigentum
> nicht
> Durch Diebstahl verlieren.

Stéphanie de Genlis schrieb um 1800 einige empfindsame Romane, mit denen sie die Sympathie und Begeisterung für den Hof Ludwigs XIV. neu zu entfachen versuchte – sehr zum Ärger Napoleons, wie sie selbst meinte. Ob die abergläubische Dame je ein Buch an dreiste Diebe verlor, ist leider nicht bekannt.

In den alten Klosterbibliotheken vertraute man den Bannflüchen offenbar nicht allzu sehr, da man die kostbaren Handschriften auch mit Ketten sicherte. Zudem gab es strenge Regeln, die den Mönchen vorschrieben, wann sie welche Bücher entleihen durften. Das Entfernen eines wertvollen Bandes aus den Bibliotheksräumen war verboten, wenn nicht mindestens eine weitere, bessere Kopie existierte. Meist durften nur Predigten, Biographien von Märtyrern und Heiligen und großformatige Bände tagsüber mitgenommen und privat gelesen werden. Ausnahmen gab es nur für kranke Klosterbrüder; doch auch diese mussten ihre Bücher vor Einbruch der Dunkelheit zurückbringen.

Auch die strengsten Sicherheitsvorkehrungen konnten die Bücherdiebe nicht aufhalten. Ein Lutheraner namens Matthias Flacius wurde beispielsweise bezichtigt, Bücher und Manuskripte in den weiten Ärmeln seiner Kutte aus Klöstern geschmuggelt zu haben. Kardinal Passionei ging weniger diskret vor und warf bei seinen Inspektionsbesuchen die Bücher, nach denen sein Herz verlangte, gleich aus den Fenstern der Klosterbibliotheken. Unten wartete stets ein frommer Gehilfe mit einem Korb, der die Kostbarkeiten auffing und einsammelte. Auch nachdem Passionei 1755 zum Direktor der Vatikanischen Bibliothek ernannt worden war, wollte er sein altes Laster nicht ablegen. Er pflegte es insgeheim mit denkbar geringem Risiko weiter. Allerdings hat er aus historischer Perspektive kaum Schaden angerichtet. Seine Privatbibliothek, die 40 000 Bände umfasste, wurde nach seinem Tod vom Papst erworben und in die Bibliotheca Angelica des Augustinerordens eingegliedert.

Heute müssen Bücherdiebe – wenn sie nicht gerade Bibliotheksdirektoren sind – etwas mehr Aufwand betreiben, um die verschiedenen elektronischen Sicherheitssysteme zu überlisten. Wirklich aufhalten kann man sie offenbar nicht, wie der Fall Sebastian L. beweist, der im September 2007 aktenkundig wurde. Herr L. war ein älterer Herr, der sich für amerikanische Geschichte, Präsidentenbiographien und bedeutende Persönlichkeiten interessierte. Er verbrachte täglich Stunden in der Bibliothek des John-F.-Kennedy-Instituts in Berlin, um die Vornamen amerikanischer Abgeordneter zu recherchieren. Wofür er dieses Wissen benötigte, ist gänzlich unbekannt, offenbar hatte er jedoch nicht die Absicht, ein Buch zu schreiben. Er sammelte lediglich Informationen.

Sebastian L. wurde schließlich bei einem Diebstahl ertappt. Als die Polizei seine Wohnung durchsuchte, fand man mehr als 1000 gestohlene Bücher, in denen sorgfältig Ort und Datum des jeweiligen Raubes eingetragen waren. Die Bücher stammten aus Amerika-Häusern und Universitätsbibliotheken in Essen, Köln, Duisburg und Bochum. Sie wurden umgehend an ihre ursprünglichen Besitzer zurückgegeben – soweit sie überhaupt noch benutzbar waren. Denn der Dieb hatte die entwendeten Bände so sorgfältig durchgearbeitet, dass sie wegen starker Gebrauchsspuren für den Bibliotheksbetrieb unbrauchbar geworden waren. Seine Motive bleiben rätselhaft, und der Schaden, den er angerichtet hat, ist gering, wenn man ihn mit dem spektakulärsten Raubzug vergleicht, den je ein Bücherdieb zustande brachte.

1991 wurde in Amerika ein Mann zu einer langen Gefängnisstrafe verurteilt, der rund 23 600 Bücher gestohlen hatte. Stephen Blumberg reiste jahrelang kreuz und quer durch die Vereinigten Staaten und entwendete gezielt ausgewählte Bände aus 268 Bibliotheken. Nicht, um die teils überaus wertvollen Exemplare zu verschachern, sondern um eine eigene Bibliothek zur Geschichte Amerikas aufzubauen. Oft machte er sich die mangelhaften Sicherheitsvorkehrungen zunutze und steckte das gewünschte Buch einfach in die Geheimtaschen seines übergroßen Mantels. Gelegentlich brach er nachts in die Bibliotheksgebäude ein und beschaffte sich auf diese Weise Schlüsselkopien. Er hatte stets Sandpapier und Rasiermesser in der Tasche, um die Bibliotheksstempel, Beschriftungen und Magnetstreifen entfernen und die Bücher hinausschmuggeln oder als eigene Exemplare ausgeben zu können. Die reichen Erträge seiner Expeditionen brachte er in ein abgelegenes Haus in Iowa, das er eigens gekauft hatte, um darin seine systematisch geordnete Privatbibliothek unterzubringen. Er hätte seine Raubzüge, die sich über einen Zeitraum von 25 Jahren erstreckten, wohl endlos fortgesetzt, wenn ihn ein Bekannter, der ihn bei technisch aufwendigen Einbrüchen unterstützte, nicht an das FBI verraten hätte.

War Blumberg ein gewöhnlicher Verbrecher? Einiges spricht dafür, dass er psychische Probleme hatte, die ihn seit seiner Jugend zu einem Außenseiter machten. Seine Mutter wurde mehrfach in psychiatrische Kliniken eingewiesen, sein Vater, ein Veteran des Zweiten Weltkriegs, litt unter einem Kriegstrauma. Der kleine Stephen wuchs ohne Geschwister und Freunde auf und vertrieb sich die Zeit damit, leer stehende Häuser zu erkunden und Trödel wie alte Türklinken zu sammeln. Sein wachsendes Interesse an viktorianischer Architektur brachte ihn irgendwann auf die Idee, in Antiquariaten nach Büchern zu diesem Thema zu stöbern. Vielleicht liegt hier der Ursprung seiner Besessenheit, doch weiß man nicht, warum er die von ihm gesuchte Literatur unbedingt stehlen musste. Er hätte sich die Bücher auch auf legalem Weg beschaffen können, da er seit seinem Schulabschluss im Jahr 1968 eine beträchtliche Rente von seiner Familie bezog, die ihm ein sorgenfreies Leben ermöglichte. In einem ausführlichen Interview mit dem Kulturwissenschaftler Nicholas Basbanes erklärte Blumberg, er habe die Bücher anfangs nur entwendet, weil es so einfach war und die Lücken in den Bibliotheksregalen niemanden zu kümmern schienen. Dass er so lange damit durchkam, zeigt zumindest, wie achtlos manche Bibliotheken mit ihren wertvollen Beständen umgehen. Als der Dieb schließlich gefasst war, hatten die Behörden große Probleme, all die kostbaren Raritäten zu retournieren, da sie von ihren Besitzern nicht vermisst worden waren.

Basbanes fragte Blumberg, ob er sich denn tatsächlich als »Retter der Vergangenheit« sehe, so wie es die Zeitungen berichtet hatten, und der Dieb nickte. Ja, er habe wirklich all die alten Dinge, den Trödel, die viktorianischen Türklinken und nicht zuletzt die Bücher retten wollen: »Naja, vielleicht versuche ich die Sache so zu rationalisieren. Es war eine Art – okay, ich will es mal so ausdrücken: Für mich waren die Bücher Leihgaben anderer Bibliotheken an meine Bibliothek. So stelle ich es mir vor. Ich weiß nicht, ob die es anders betrachten, aber für mich war es so. Weil ich immer die Absicht hatte, alles zurückzugeben.«

Was Blumberg nach seiner Verhaftung die größten Sorgen bereitete, war nicht die zu erwartende Haftstrafe oder das Ausmaß und die Auswirkungen seiner Verbrechen, sondern der schlampige Umgang des FBI mit seiner Americana-Sammlung. Er hatte alles perfekt geordnet, nach Jahr, nach Bundesstaaten und Regionen. Er hatte sogar spezielle Abteilungen innerhalb seiner Sammlung zusammengestellt. Doch die Beamten packten alles wahllos in Container und schafften es in ein Lagerhaus in Omaha. Eine Gruppe freiwilliger Bibliothekare half beim Sortieren und bei der Rückgabe der Bücher. Nach drei Jahren blieben rund 3000 Bände übrig, deren Besitzer nicht ermittelt werden konnten.

Stephen Blumberg wurde wie ein gewöhnlicher Dieb zu sechs Jahren Gefängnis verurteilt, eine Strafe, die man durchaus als zu hart empfinden kann, wenn man bedenkt, dass alkoholisierte Gewalttäter oft für unzurechnungsfähig erklärt und bei vergleichsweise mildem Strafmaß in Therapie geschickt werden. Aus der Sicht der Justiz war Blumberg wohl ein Krimineller, aus der Sicht eines Bibliophilen scheinen seine Vergehen jedoch verzeihlicher als jene der berüchtigten Biblioklasten und Grangeriten. Schließlich ließ er die Bücher nicht verkommen und machte sie nicht zu Geld, sondern würdigte sie, pflegte sie, katalogisierte und ordnete sie. Unter all den Bibliomanen, die ich in diesem Buch vorgestellt habe, war Blumberg einer der rücksichtsvollsten.

Und wer kann von sich behaupten, noch nie die über-

mächtige Versuchung gespürt zu haben, die einen angesichts eines lang gesuchten, doch leider unerschwinglichen Büchleins befällt? Nicht jeder ist dazu geboren,
ihr zu widerstehen. Den Unbeugsamen gebührt unser
Respekt, doch die Nachgiebigen sollten wenigstens eine
gute Entschuldigung parat haben: Sorgen Bücherdiebe
denn nicht im Grunde nur dafür, dass all die wundervollen Bände nicht unbeachtet in morschen Regalen verstauben, sondern von Hand zu Hand weitergereicht
werden und im Umlauf bleiben? So könnte man dieses
spezielle Verbrechen auch als Wohltat an Büchern verstehen, die viel zu selten an die frische Luft kommen.

Das Haus der Bücherliebe

Lesen Sie, um zu leben.

Gustave Flaubert

All diese eigenartigen Fälle von Bibliomanie und Bibliophilie lassen mich daran zweifeln, ob ich den Ehrentitel eines wahrhaftigen Büchernarren verdiene. Ich habe nie jemanden um eines Buches willen ermordet, ich habe kein einziges Buch gestohlen, keine gewaltigen Bücherberge gehortet, kein Vermögen für Bücher ausgegeben, keine Handpresse gekauft, um eigene Bücher zu drucken, und keinem genialen Schriftsteller Unterschlupf gewährt. In dem kleinen Zimmer, in dem ich dies schreibe, finden sich lediglich um die dreitausend Bände, die mein selbstgebautes Regal nur ein einziges Mal und auch nur teilweise zum Einsturz brachten. Auch die wenigen Bücher, die ich übersetzt und veröffentlicht habe, reichen nicht, um mir eine Fußnote in den Annalen des Bücherwahns zu sichern.

Aber wenn ich ein Haus *hätte*, wäre es selbstverständlich voller Bücher – nicht, weil ich davon besessen wäre, so viele Bücher wie möglich zu besitzen, sondern schlicht und einfach, weil ich dann endlich ausreichend Platz hätte, um andere, vielleicht schönere Arten der Bücherliebe zu entfalten – um all den geschmähten, vergessenen und ungeliebten Büchern auf dieser Welt ein Zuhause zu geben.

Ich träume von einem Bücherasyl! Eine Unterkunft für Bücher, die auf Kaffeehaustischen liegengeblieben sind oder achtlos in Zugabteilen zurückgelassen wurden, die auf herbstlichen Parkbänken und in elenden Wühlkisten Wind und Wetter ausgesetzt waren, und solche, die in Altpapiertonnen geworfen wurden: Bücher, die Menschen gehörten, die nichts mit ihnen anzufangen wussten, weil zum Lesen angeblich keine Zeit war; Bücher, die in letzter Sekunde vor dem engstirnigen Eifer religiöser Fanatiker und politischer Ideologen gerettet wurden; Bücher von den Schreibtischen rotäugiger Zensoren, die darüber bestimmen wollten, welche Wahrheit gilt und welche Geschichte überleben darf; Bücher, die vor der Gier jener Sammler in Sicherheit gebracht wurden, die ihre wohlbehüteten Exemplare weder lesen noch verschenken wollten, sondern nur ihren materiellen Wert schätzten; Bücher, die als unverkäuflich, unlesbar, obskur und uninteressant beschimpft wurden – und jene Jammergestalten aus vergilbtem Papier, die jahrelang in der dunklen Ecke des obersten Regals einer Buchhandlung oder eines Antiquariats vergeblich auf einen geneigten Leser warteten.

All diesen verachteten, misshandelten und verlorenen Bücherseelen würde ich meine Aufmerksamkeit schenken und ihnen den verdienten Respekt erweisen. Ich würde gut für sie sorgen und ihnen ein behagliches Zuhause in einer weiträumigen Bibliothek geben. Jedes einzelne Buch würde ich neugierig in die Hand nehmen und sorgfältig studieren, um ihm dann den Platz einzuräumen, der seinem innersten Kern und wahren Wesen entspricht. Es wäre eine selbstlose Art der Bücherliebe, die nichts gemein hätte mit dem Bibliomanen und seinem unstillbaren Verlangen, zu besitzen, zu vereinnahmen und eifersüchtig zu horten. Es ginge allein darum, das Schöne, das in jedem Buch enthalten ist, zu erkennen und zu bewahren. Denn wer die Schönheit *eines* Buches erkannt hat, wird sie auch in allen anderen Büchern erkennen.

Doch ist dies nur ein Gedankenspiel. Mir ist durchaus bewusst, dass Bücher ebenso vergänglich sind wie unsere Träume. Irgendwann wird vielleicht sogar Shakespeares schönstes Sonett vergessen sein, man wird sich nicht mehr daran erinnern, was Diotima zu Sokrates sagte und was Sei Shonagon ihrem Kopfkissen anvertraute. Beatrice, Werther, Ishmael und Bernardo Soares werden nur noch gewöhnliche Namen sein, die kein Echo hervorrufen. Wird überhaupt etwas bleiben von all den Büchern, die einst ganze Häuser vom Keller bis zum Dach füllten und die unsere Seelen mit unendlich vielfältigen Eindrücken, Empfindungen und Eingebungen bannten?

Vielleicht nicht – aber was bedeutet das schon angesichts des wiederkehrenden Glücks, das wir fühlen, wann immer wir das Buch, das wir am meisten lieben, aus dem Regal nehmen, es sachte von seinem Staub befreien, zärtlich über seine zerlesenen Seiten streichen, die schönste Stelle aufschlagen, die uns je bezauberte, und am Duft des alten Papiers erkennen, dass wir zu Hause sind.

Literaturverzeichnis

Befreie uns, oh Herr, von dieser ganzen
Literatur!

André Gide

Ackroyd, Peter: *William Blake*. München 2001.

Al-Bīrūnī: *In den Gärten der Wissenschaft*. Leipzig 1988.

Altenberg, Peter: *Das große Peter Altenberg Buch*. Wien 1977.

ders.: *Die Selbstfindung eines Dichters. Briefe und Dokumente 1892 bis 1896*. Göttingen 2009.

Altomonte, Antonio: *Dante*. Reinbek bei Hamburg 1994.

Bacon, Francis: *Essays*. Leipzig 1979.

Basbanes, Nicholas A.: *A Gentle Madness. Bibliophiles, Bibliomanes, and the Eternal Passion for Books*. New York 1999.

Battles, Matthew: *Die Welt der Bücher. Eine Geschichte der Bibliothek*. Düsseldorf 2003.

Beach, Sylvia: *Shakespeare and Company. Ein Buchladen in Paris*. Frankfurt/M. 1996.

Bell, Quentin: *Virginia Woolf*. Frankfurt/M. 1995.

Benjamin, Walter: »Ich packe meine Bibliothek aus.« In ders.: *Denkbilder*. Frankfurt/M. 1980.

Bibesco, Marthe Princesse: *Begegnungen mit Marcel Proust*. Frankfurt/M. 1991.

Blake, William: *Zwischen Feuer und Feuer*. München 1996.

Borges, Jorge Luis: *Die letzte Reise des Odysseus. Essays*. München 1987.

Boswell, James: *Dr. Samuel Johnson*. Zürich 1981.

Bulwer-Lytton, Edward: *Kenelm Chillingly*. Butjadingen 2009.
Burton, Richard F.: *A Plain and Literal Translation of the Arabian Nights' Entertainments, Now Entituled the Book of the Thousand Nights and One Night*. Benares (Stoke Newington) 1885.

Cellini, Benvenuto: *Mein Leben*. Zürich 2000.
Cendrars, Blaise: *Auf allen Meeren*. Basel 1998.
Cervantes Saavedra, Miguel de: *Die Mühen und Leiden des Persiles und der Sigismunda*. Sämtliche Werke, Band I. Stuttgart 1968.

Dante Alighieri: *Die Göttliche Komödie*. Leipzig 1970.
Defoe, Daniel: *Robinson Crusoe*. Berlin 1973.
Dibdin, Thomas Frognall: *Bibliomania, or Book-Madness*. London 1840.
Diogenes Laertios: *Leben und Lehre der Philosophen*. Stuttgart 1998.
D'Israeli, Isaac: *Curiosities of Literature*. London 1791.
Dostojewski, Fjodor: *Das Gut Stepantschikowo*. Frankfurt/M. 1986.
Douglass, Frederick: *My Bondage and My Freedom*. Harmondsworth 2003.
Dumas, Alexandre: *Aus dem Wörterbuch der Kochkünste*. München 2002.

Ellmann, Richard: *Oscar Wilde*. München 1991.
ders.: *James Joyce*. Frankfurt/M. 2004.

Fischer, Lisa: *Lina Loos oder Wenn die Muse sich selbst küßt*. Wien 2007.
Flaubert, Gustave: *Wörterbuch der Gemeinplätze*. Frankfurt/M. 1991.

France, Anatole: *Die Bratküche zur Königin Pedauque.*
München 1907.

Hardt, Manfred: *Geschichte der italienischen Literatur.*
Frankfurt/M. 2003.
Hoepfner, Wolfram (Hg.): *Antike Bibliotheken.* Mainz 2002.
Huysmans, Joris-Karl: *Gegen den Strich.* Zürich 1981.

Irving, John: *Gottes Werk und Teufels Beitrag.* Zürich 1990.
Irwin, Robert: *Die Welt von Tausendundeiner Nacht.*
Frankfurt/M. 2004.

Jackson, Holbrook: *The Anatomy of Bibliomania.* London
1938.

Kempen, Bernhard: »Interview mit Forrest Ackerman«.
Science Fiction Times 11, 1990.
Kosler, Hans Christian (Hg.): *Peter Altenberg.* Frankfurt/M.
1997.

Manguel, Alberto: *Eine Geschichte des Lesens.* Reinbek bei
Hamburg 2000.
Monnier, Adrienne: *Aufzeichnungen aus der Rue de l'Odéon.*
Frankfurt/M. 1995.
Myler, Lok (d. i. Paul A. Müller): *Sun Koh, der Erbe von
Atlantis.* Leipzig 1933–1936.

Nodier, Charles/Flaubert, Gustave/Asselineau, Charles:
Bücherwahn. Drei Erzählungen. Herausgegeben von Hans
Marquardt. Berlin 1976.
Norwich, John Julius: *Paradise of Citys. Venice in the 19. Century.*
New York 2003.

Opitz, Detlef: *Der Büchermörder*. Frankfurt/M. 2005.
Ovid: »Heilmittel gegen die Liebe.« In ders.: *Erotische Dichtungen*. Stuttgart 2001.

Pechmann, Alexander: *Die Bibliothek der verlorenen Bücher*. Berlin 2007.
Perec, Georges: *Wie man seinen Chef um eine Gehaltserhöhung bittet*. Stuttgart 2010.
Perrin, Noel: *Dr. Bowdler's Legacy*. New York 1969.
Pessoa, Fernando: *Das Buch der Unruhe*. Zürich 2006.
Platon: *Das Gastmahl*. Stuttgart 2008.
Pynchon, Thomas: *Gegen den Tag*. Hamburg 2008.

Rauchbauer, Otto: *Shane Leslie. Sublime Failure*. Dublin 2009.
Robert-Houdin, Jean-Eugène: *Memoiren des Zauberers*. Frankfurt/M. 1981.

Sei Shonagon: *Das Kopfkissenbuch*. Zürich 1952.
Spark, Muriel: *In sturmzerzauster Welt. Die Brontës*. Zürich 2003.
Stoker, Bram: *Dracula*. Frankfurt/M. 1988
Symons, A. J. A.: *The Quest for Corvo*. London 1955.

Vallès, Jules: *Jacques Vingtras. Das Kind*. Reinbek bei Hamburg 1992.
Verne, Jules: *Die geheimnisvolle Insel*. Freiburg 1979.

Wegmann, Nikolaus: *Bücherlabyrinthe*. Köln 2000.
Wilde, Oscar: *Ein Leben in Briefen*. München 2005.
Wilker, Julia: »Irrwege einer antiken Büchersammlung.« In: Hoepfner, Wolfram (Hg.): *Antike Bibliotheken*. Mainz 2002.
Woolf, Leonard: *Mein Leben mit Virginia*. Frankfurt/M. 1997.

Literaturverzeichnis

Yeats, William Butler: *Autobiographien*. Leipzig 1984.
ders.: *Irlands Königreich der Schatten*. Salzburg 2008.

Zitate sind ein nützlicher Ersatz für Esprit.

Oscar Wilde

Dank

Ich danke Ihnen, dass Sie mein Buch Ihrer
unvergleichlichen Blicke gewürdigt haben.

Marcel Proust an Prinzessin Bibesco

Dieses Buch ist all jenen gewidmet, die Bücher davor bewahrten, verbrannt, vernichtet, entsorgt, achtlos weggeworfen und vergessen zu werden oder unbeachtet und ungelesen zu bleiben.

Wer mit Büchern Gutes tun möchte, kann sich unter www.oxfam.de nach dem nächstgelegenen Oxfam-Laden erkundigen. Hier kann man nach Herzenslust stöbern, fabelhafte Bücher kaufen und wohlfeile Exemplare für den Weiterverkauf spenden. Der Erlös kommt der Entwicklungs- und Katastrophenhilfe in aller Welt zugute.

Ich danke allen, die die Entstehung des »Bücherdiebs« mit hilfreichen Anregungen begleitet haben, insbesondere Nicholas Basbanes für die Informationen zu Fred Board und Stephen Blumberg, Tina Lang für ihren Zitatenschatz und Mirko Schädel für die Hinweise zu seltener Kriminalliteratur (sein Museum findet man unter achilla-presse.de). Dank an Klaus für die Parkplatzbenutzung, Max für »Prähuman«, Jung-Mee für den Tee aus Korea und an meine Eltern für den Kaffee aus Bali (Blue Balinese). Besonderen Dank an die Mitarbeiter des Aufbau Verlages und meine Lektorin Dr. Christina Salmen.

Für fehlende Bücher ist allein der Bücherdieb verantwortlich.

Alexander Pechmann

Der Autor

Alexander Pechmann, geb. 1968, Autor, Herausgeber und Übersetzer v. a. der englischen und amerikanischen Literatur des 19. Jahrhunderts; zahlreiche Publikationen, darunter: Herman Melville. Leben und Werk (2003); Mary Shelley. Leben und Werk (2006) sowie Übersetzungen, u. a.: Herman Melville: Die große Kunst, die Wahrheit zu sagen. Von Walen, Dichtern und anderen Herrlichkeiten (2005); Mary Shelley: Frankenstein. Die Urfassung (2006). Im Aufbau Verlag erschien 2007 *Die Bibliothek der verlorenen Bücher* und 2009 *Mark Twain: Sommerwogen. Eine Liebe in Briefen*, die von der Kritik gefeierte deutsche Erstübersetzung der Liebesbriefe des amerikanischen Autors.

Register

Welt ist dort, wo man ein Buch aufschlägt.

Konrad Paul Liessmann